講談社文庫

弱虫日記

足立 紳

講談社

弱虫日記

まえがき

今から十年ほど前、長女が生まれた頃、仕事のまったくなかった私は近所の百円ショップに深夜のアルバイトに出た。と言うか妻によって、出された。そこから遡《さかのぼ》ること十五年、学生時代にも私は深夜の似たようなコンビニでアルバイトをしていたのだが、その頃とは深夜のコンビニの風景が大きく変わっている印象を受けた。学生の頃は百円ショップというものが無かったような気がするし、深夜のアルバイトも三、四人くらいの人間で余裕を持って働いていた記憶があるが、十年前はギリギリの二人だった。最も大きく違いを感じたのは深夜に子供の客が来るということだ。学生の頃には夜中に子供の客が来た記憶はない。

その百円ショップには小学三、四年くらいに見える女の子が夜中の十二時過ぎに買い物に来て、お菓子やカップラーメンを買っていくことがあった。親に言われて買いに来ているのか自分で買いに来ているのか分からないが、その子は覇気のない小学生らしからぬ目つきをしていた。いわゆる死んだ魚のような目だ。ちょうど児童虐待のニュースなどが自分の目につくようになったのもこの頃で、もしかしたらこの子もそんな子の一人かもしれないと思いつつ、特に自分は何もすることはなかった。

ある日、その子が母親らしき女性と一緒に来たのだが、その女性も同じような目つきをしていた。幸せになりたいという意思のまったく感じられない目で、こんな目つきになったらおしまいだなと、傲慢にも私は上から目線で思っていた。

一年後、私は相変わらず仕事はないままだったが、深夜労働に疲れてそのアルバイトを辞めた。あの女の子はいつしか店に来なくなっていたが、あの覇気のない目つきだけは忘れられない。幸せになりたいという気持ちすら知らない人がいるのだということを、私は知らなかった。もちろん今も知っているとは言えない。

あれ以来、自分が作って来た作品は、あの子に向けて作っていると言うとおこがましいが、いつかあの子ような目をした子たちに触れて、そして面白がったりしてもらいたいと思っている。

足立　紳

俺は自分のことが大嫌いだ。

なぜかって言うと、俺は弱虫で意気地なしの腰抜けで怖がりの大びびり野郎だからだ。そんな自分を変えたいといつも思いながら、でも、こんな俺でもそこそこ楽しく小学校生活を送れている。

俺がそんなヤツだってことが周りの仲間たちにはバレていないからだ。

でも、とうとう俺の化けの皮がはがれてしまうときが来た。仲間だと思っていたやつらの前で、思いっきり正体をさらけ出してしまった。

そのとき、俺は人生の中で初めて死に物狂いになったのかもしれない。

大切なものを手に入れるために。

1

「これ見なさい！　ママ、こんなになっても頑張ってんだから！」

そう言うと、ママはガバッと上着とブラジャーをめくりあげた。その瞬間、俺は目をそむけた。そんなもん見たくもねぇ。つうか見あきたし。

ママが見せてきたのは、乳ガンの手術の傷跡だ。

二年前に手術をしたママは、今はカタッポのオッパイがない。それ以来、この、名付けて「乳ガン傷跡見せつけ攻撃」がママの得意技になった。

そのえぐれた気持ちの悪い傷跡を俺や妹のワコに見せつけては「ママは片パイになっても頑張ってんだから、あんたたちもしっかりしなさい！」って俺たちに勉強やピアノの練習を強要してくる。はっきり言ってプロレスの凶器攻撃よりもたちが悪い。しかもこんな気持ち悪いものを見せられても、頑張る気になんかなれない。まったくよくもこんな技を発明したもんだとは思うけど、子供に使う技じゃないような気がする。教育上よくないだろう。

こんなママを持つ俺の名前は高崎瞬《たかさきしゅん》。

この春休みが終われば小学六年生になる。いくら手術でなくなってるとはいえ自分のママのオッパイなんかまともに見れる年じゃない。

「いいからそんなもんしまってよ！　この一年、絶対に頑張って勉強するから！」

我ながら言っててむなしくなるセリフを今度は俺が怒鳴り返した。

「そのセリフは何度も聞いた！　あんた六年生になったら行くって約束したでしょ！」

机の上に並べられた学習塾の資料を前に、俺とママは睨みあっていた。

隣の部屋から夕飯前のピアノの練習をしていたワコが興味深そうに顔をのぞかせている。あれはどう見ても俺の不幸を喜んでいる顔だ。後で絶対に泣かす。

確かに俺は、六年生になったら塾に通うと五年生のときに約束していたけれど、それはあくまでその場を切り抜けるためだけの口約束だ。本気で塾に通おうなんて一ミリも考えてなかった。

ゼッテーここで引くわけにはいかない。俺は腹にグッと力を入れて持久戦を覚悟した。

ママが通わせようとしているのは、「近所の公文《くもん》教室」とかの生ぬるい塾じゃない。その名も能力開発塾《のうりょくかいはつじゅく》。つうしょう能開塾《のうかいじゅく》と呼ばれている中学受験用の厳しい塾だ。ママは俺に「附中《ふちゅう》」と呼ばれている国立大学の附属中学を受験させようとしているんだ。

中学受験なんて今では珍しくもないことなんて俺でも知ってるけど、まさか自分がそれをさせられることになるとは考えてもいなかった。

俺の住んでいるのは日本で一番人口の少ない鳥取県の、なかでも田舎町だ。ここではほとんどみんなが同じ中学に行くし、下手すりゃ、何十人も同じ高校にも行く。もしかしたら日本で一番田舎な町ってことになるのかもしれない。

そんなとこだから、中学受験なんてするヤツはすごく少ない。俺の通っている小学校からも毎年三、四人しか中学受験はしない。しかも成績の良い、つまんねーヤツらばっかだ。だから俺は絶対に中学受験なんかしたくなかったしそのための塾に行くのも嫌だった。

時計はもうすぐ六時半になる。そろそろパパが帰って来る時間だ。

とにかく、ここはパパが帰って来るまで粘るしかない。理由は分からないけど、パパは俺の中学受験に反対している。だからママと対立して最近は俺の中学受験のことでケンカが多い。

「絶対に行くんだからね。もう申し込んでるんだから」とオッパイがないほうのブラジャーに靴下やらハンカチやら詰め込みながら言うママの言葉を無視して、俺はダンマリを決め込むことにした。

ウチのママは、恥ずかしいことに俺の友達の間では評判の「教育ママ」ってことになっている。俺に中学受験をさせようとしていたりピアノを練習させようとしていたりするからだけど、今のところ俺よりもその被害をこうむっているのは妹のワコだ（ピアノにバレエに塾に水泳ね）。

ママは俺が三年生の頃から能開塾に入れようとしていた。そのときは、かわりにピアノをやるからということでそのピンチをしのいだ。

家でピアノの先生をしているママは、それまでも何度も俺にピアノを教えようとした。でも、ピアノなんかぜんぜんやりたくなかった俺はその都度逃げていた。ママは買い物に行くときに左右バラバラなスニーカーを間違えてはいたり、レンタルビデオ屋の返却に家のゴミを持って行ったりと天然なところもあって「瞬のお母さんは面白い」なんて言われてたりもしているんだけど、ピアノや勉強のことになると急に鬼みたいな形相になって短気になる。同じとこを何度も間違えたりするとすぐにキーッとなってワコなんかしょっちゅう怒鳴られて泣いてる。

塾よりはマシだと思った俺は、渋々ママにピアノを習い始めることにしたんだけど、やっぱりイヤイヤやってるものが上達するはずもない。

ママは予想通りそんな俺にイライラしてかんしゃく爆発、俺を椅子にしばりつけたままほとんど虐待のようにピアノをやらせようとした。

ママのそんなかんしゃくヒステリーにうんざりしていたパパの「イヤだって言ってるものを無理にやらせてもしょうがないだろ」という助け舟で、俺はピアノから逃げ出すことができた。

でもパパがそう言うと、決まってママは、

「あなたは仕事ばっかりで子供のことなんか何も見ないじゃない。甘いとこ見せてちょこっと遊ぶだけでしょ」

　と言い出してケンカになる。

「お前は子供で何かを証明しようとしてるだけだろ」

　とパパはママに言う。

「そうよ！　こんな田舎でガソリンスタンドなんか継がせたくないから！」

ガソリンスタンドを経営しているパパにママはそう言い返して、大ゲンカの始まりだ。

　ピアノや勉強をやるのはもちろん嫌だけど、パパとママのケンカを聞いているのもうるさくてしょうがない。

　ケンカが始まるとそこにいるだけで何もしてないのに「部屋を片付けろ！」とか「テレビばっかり見てるんじゃないの！」なんてほとんど無実の罪なのにパパからもママからもとばっちりを食ったりするから、俺とワコは二階の子供部屋にひっこんで台風が過ぎ去るのをマンガを読んだりしながら待つのがパターンだ。そんなケンカの繰り返しに疲れたのか、俺がまったく上達しないことに呆れ返ったのかは分からないけれど、とうとうママは俺にピアノを続けさせることを諦めた。

その代わり、俺は四年生になったら能開塾に通う約束をさせられた。

だけど、四年生になったとたんに今度はママがガンだと分かって入院することになって、塾どころじゃなくなった。

ママの病名がガンだと聞いたとき、俺は「ガーン!!」とショックを受けた……というのはウソで、そんなシャレが飛び出して来てしまうくらい、平気だった。

だってママは、その一年くらい前、俺が三年生の頃からオッパイにシコリを見つけて、

「ママはガンだ、ガンだ。死んだら空の星になるの」

なんて言っては俺やワコに心配させて、

「あんたたちが勉強やピアノをちゃんとしないとママは死んでしまうのよ」

とか言っていた。

大人のやることじゃないよなぁ。だってこっちは小学生のガキだ。

そのころは、俺も今よりはずっと純真で心の美しい少年だったからママのガンが

治るならと少しはマジメに勉強したけど、ママは一向に死ぬ気配はなかった。そのうち「ガンだ、ガンだ」と言うママにもすっかりなれちゃって、だから本当に「ガン」だったと分かったときも、「やっぱりそうなんだ」と思ったくらいで、俺はそのドサクサにまぎれて塾に通わなくてすんだことが嬉しかった。

オッパイを切り落とすことになったときは、さすがに俺も少し驚いたしママも少しは落ち込んでいたようだったけど、退院してくると割とすぐに立ち直って、俺が五年生になるころには必殺の「乳ガン傷跡見せつけ攻撃」を発明してまた塾のことを言い出した。

でもそのときも俺が、「死ぬ気で勉強するから！」といいかげんなことをわめいた結果、またパパとママがケンカをして、とりあえずは六年生にあがるまでの一年間は様子を見てみようということになった。

そしてこの春から六年生になるという最近、ママは待ってましたとばかりに塾のことを蒸し返して来て、俺の塾問題でパパと小競り合いをしている。

だから今日も、パパとママがケンカしてまたウヤムヤになればいいと俺は思っている。そしていつかママが諦めるに違いない。

「しょーがないだろ。六年生になったら行くって約束したんだから」

「え……」

仕事から帰って来たパパは、経営しているガソリンスタンドの作業着を脱ぎながら面倒くさそうに言った。

「ちょ、ちょっと待ってよ！　頑張るよ！　勉強だって、家でちゃんと今まで以上にやるよ！」

俺は必死になって、さっきママに言ったセリフと似たようなことを言った。

「家でもロクにやってないでしょ！」

ママが言った。

「それにお前、去年もそんなこと言って、ぜんぜん成績上がってないだろ」

パパまでそんなことを言う。

「でも、悪くもなってないよ！」

それが何の意味もない言葉だと分かってはいても、俺は言わずにはいられなかった。

「なに言ってんの！　あんな成績で附中に受かるわけないでしょ！」

またママが怒鳴った。

「だからこれからは本当に真剣にやるから！」

六年生にもなって情けないけれど、俺は涙が出てきてしまった。

「行くだけ行ってみろ。成績が上がればまたそのとき考えてやる」

「またそんな甘いこと言って」

「別にこれくらい甘くないだろうが」

パパはそう言うと、もうこの場にいたくないかのようにお風呂に逃げてしまった。

ママは勝ち誇ったような顔で俺を見ている。そしてワコも……。すました顔で俺のことを見てやがる。いつもならすぐにゲンコツの一発でもその頭に落としてやるところだけど、今の俺にはそんな気力すら湧いてこなかった。

ブンむくれた俺は、そのまま夕飯も食べずに自分の部屋に閉じこもった。こうなったら死ぬまでこの部屋から出ない。とか思ったけど、そんなことができるはずもないことはこの年にもなれば分かる。パパが味方についてくれない以上、この結果がくつがえることがないのも分かっていた。

そう言えば二日ほど前の夜もパパとママは俺の中学受験問題から始まって何だかガチャガチャとケンカをしていた。

「絶対に行かせるから私！　あの子のためだから」

「何があいつのためなんだ」

「じゃあどうするのがあの子のためなのよ」

何か言い返してくれよと俺は思ったけど、パパはムスッとした顔でテレビをつけてニュースを見だした。

「普段、子供のことなんか見てないから分からないのよ」

そう言われても、やっぱりパパはムスッとテレビを見つめているだけだった。

そこでパパは黙り込んでしまった。

二日前のそんなことを思い出していると、さっきお風呂に入ったばかりのはずのパパの声が下から聞こえてきた。

「メシ、食えー！」

こんなときに腹なんかへっちゃいない。

「ほっとけばいいのよ！　甘えてんだから！」

すぐにそのあとママの声も聞こえた。

うるせーよ！　バカッ！　甘えてんじゃねーよ！　今の俺は……。

そう、ゼツボーしてんだよ。

だって能開塾は毎週月、水、金にそして土日まである。夏休みに入れば土日は休みになるけど、かわりに平日は毎日だ。学校に通っているのと変わらない。これをゼツボーと言わずして何をゼツボーって言うんだ。

それに親の言いなりに塾に通うことを隆造《りゅうぞう》たちに何て言えばいい？　カッコ悪すぎる。

悩んでいると、コンコンと窓に小石のぶつかる音がした。

誰だ俺のゼツボーを邪魔するヤツは……。　いや分かってる。こんな時間に窓に石をぶつけてくるヤツは隆造しかいない。

窓を開けてベランダに出ると、案の定、庭から隆造にトカゲ、正太郎《しょうたろう》、竹内《たけうち》がこっちを見上げていた。

「何してんだよ、早く出てこいよ」

隆造が小声で言った。

「なんだよ、どうしたんだよ」

「バカッ！　今日はオオサンを生け捕りに行くっつったろ」

あ！　そう言えばそうだった！

春休み最後の今日が決行の日だった。その計画を立てたのは俺だったのに、塾のことですっかり忘れていた。

「ワリィ。すぐ行く」

俺はこっそりと下におりて、玄関からクツを持ってくると、それをはいて二階のベランダからスルスルと脱出した。

2

「オオサン」ってのは、俺たちの通っている川北《かわきた》小学校の池で飼っているオオサンショウウオのことだ。

そいつはトカゲを千倍くらいにした大きさで、体長が一メートル以上はある。全身を黒いブツブツにおおわれていて、一度噛みつくとカミナリが鳴るまではなさないと言われているし、指くらいは軽々と食いちぎる。

ふだんは池のふちにある穴に住んでいて、そこから出てくることはあんまりないんだけど、そいつは池のボスだ。オオサンは特別天然記念物で珍しい生き物だから、きっと池でも相当いばってるんだと思う。俺はそんなオオサンを生け捕りにしてやりたいって思ってた。


俺たちは、川北小に向かって夜道を自転車でかっとばしていた。

隆造をリーダーに、俺、トカゲ、正太郎、竹内。この五人を知らない人間はこの辺にはいない。

万引き、ケンカ、授業の脱走、およそ小学生で考えられる悪さはほぼすべてこなしてきているけど、一躍俺たちを有名にしてしまったのが、「カワタのネコ殺し事件」だ。

「カワタ」ってのは俺たちが学校帰りによく寄る駄菓子屋で、そこはおバアさんが一人で営んでいた。いた、っていうのは、もう今はその店はないからだ。

カワタのババアは、俺たち小学生の間ではメチャクチャ評判が悪かった。店に子供たちが来ると、飼っているネコを抱きながらやたらと店内をウロウロする。それがさも「お前ら、万引きしに来ただろ」って感じのイヤ〜な目つきで、まるで万引きGメンみたいな感じだった。ネコまでも同じ目つきで俺たちを見やがるもんだから、俺たちはそのネコも嫌っていた。いや、悪いのは万引きする俺たちなんだけど……。

事件が起きたのは俺たちが四年生のとき。

その日、学校帰りにいつものようにカワタで獲物のお菓子を物色していたら、やっぱりババアがあのイヤ〜な目つきで俺たちのまわりをウロウロしやがった。で、そのとき俺たちの中でも一番バカなトカゲがババアに言っちゃった。

「お、お、お前なぁ、さ、さっきから、つ、ついてくんじゃねーよ！」

いつものたどたどしい口調で。

そしたらババアはトカゲを指差してこう言った。

「お前、知ってるぞ。お前の母ちゃん、頭おかしいだろ。変な宗教の勧誘にしょっちゅう来るわ」

歳くってるもんだから、カワタのババアはこの辺のことには詳しい。それに口も悪くて、人んちの陰口をよく言ってた。

そう言われたトカゲはさっきの勢いはどこへやら、急におとなしくなってしまった。

トカゲってのはもちろんあだ名で、本名は吉田光雄《よしだみつお》っていう。顔や体のヒフがいつもカサカサで、それがヘビのウロコみたいだから誰かが大蛇《だいじゃ》ってあだ名をつけたんだけど、大蛇じゃ妙に強そうで分不相応だからトカゲになった。勉強もできなければ、運動もできないトロいヤツだ。

そのトカゲのお母さんは、頭をボウズに剃り上げている。

トカゲの家は小さなボロ家なんだけど、俺たちがトカゲの家に行くと、そのお母さんはたいてい不気味なお経をマッハのスピードで唱えているか、そのお経と同じくらいのスピードでお父さんの悪口を言っている。トカゲのお父さんは何かの事故で車椅子のお世話になっていて、仕事はしていない。毎日駅前のパチンコ屋に朝から入り浸りだ。

トカゲははっきり言えば、イジメられキャラナンバーワンでもあって、実際イジメられていた。ところが三年生のときに隆造と同じクラスになると、どういうわけか、妙に隆造に気に入られて、パシリではあったけど、俺たちとツルむようになった。

それからだ。トカゲがこういう調子こいたことを言うようになったのは。

隆造がいると、特に気が大きくなっちゃうんだよな。

カワタのババアに反撃されて黙ってしまったトカゲに助け舟を出したのはやっぱり隆造だった。

隆造はトカゲとは逆に運動は何でもできるし、ケンカも強い。勉強はあんまりだけど……。

「うるせー！　こんなきたねえ店で万引きするわけねーだろ！　火ぃつけるぞ！」

およそ小学生とは思えないおどし文句だけど、隆造ならマジでやりかねない。

でもカワタのババアも負けちゃいない。

「お前のお父ちゃんも知ってるぞ。ヤクザだろ。あんな家の子はウチに来るな」

そのとき、隆造の顔色がサッと変わった。

ババアは隆造に一番言っちゃいけないことを言ったんだ。

お父さんのことを言われると、隆造はブチ切れる。

隆造は小さな公団のアパートにお父さんと二人で住んでいるんだけど、そのお父さんは刑務所に入っていたという噂がある。しかも人を殺して。

三年生のころ、それまで学年で一番強いと言われていた明《あきら》を一発でやっつけてしまったときも、明から「お前の父ちゃん、人殺しだろ!」って言われてブチ切れたからだ。

隆造のお父さんは顔中にヤケドのあとがあるから怖い。

昔は有名なヤクザで、みんなから狙われていて、それで家に火をつけられて大ヤケドをしてケロイドだらけの顔になったという噂もあるけど、本当のことは誰も知らない。

お母さんは、妹を連れて出て行ってしまったらしい。でも、それも噂だ。

隆造は自分の家族のことをぜんぜん話さないし、誰も家に入ったことがない。俺たちも何となく聞きづらいから何も聞かなかった。さすがに人殺しってことはないだろって思ってるけど。

そんな隆造がトカゲを仲間に入れているのは、きっと自分と似たような環境にあるトカゲのことをほっとけないからだと思う。パシリとはいえ自分のそばにトカゲをおくことで、トカゲがイジメられないようにしてるんだろう。そういうヤツなんだよ、隆造って。

ついでに言えば、俺たちの中で両親が揃っているのは俺とトカゲだけだ。正太郎と竹内は同じ母子寮に住んでいる。五人中三人が片親なんてすげぇ確率だ。

おっと、話が横道にそれ過ぎちゃった。

「いいよ、もう。行こうぜ」

ババアをにらみつけている隆造に俺は声をかけた。まさか明のときみたいにババア相手に殴りかかっていくとは思えないけど、マジで火くらいはつけちゃうかも知れないからな。

そのとき、隆造とババアのガン付け合戦に一時休戦を告げるかのように店の奥で電話が鳴った。

「見てるからな」

そう言いながら、電話に出るババアの腕からピョンとネコが飛び降りて、俺たちのほうに来た。その瞬間、隆造はネコを抱きあげて店から飛び出した。俺たちもとっさに続いた。

「どうすんだよ！　そのネコ！」

「知らねーよ！　天神川《てんじんがわ》に捨てちゃおうぜ！」

だから言わんこっちゃない。隆造を怒らせると、何をするか分かんないんだ。

「パスっ！」

天神川の土手まで走ってくると、隆造がまるでラグビーみたいにネコを俺に放り投げた。

バカっ！　そんなキラーパス、受けられるわけがないっつーの。

ネコはクルッと一回転して着地すると、そのまま土手を駆け上がって逃げてしまった……のなら良かったんだけど、実際はやって来た車に……。いや、それ以上はやめとこう。

後味と潰れたネコの死体が気持ち悪すぎてさすがにみんな口数も少なくなったけど、このことは誰にも言わないことだけは誓い合った。

翌日、学校に行くと俺たちは先生に呼び出された。ババアが俺たちのことをわざわざ学校にチクッていたんだ。

さすがに、

「ネコは内臓をぶちまけて死んじゃいました」

とは言えないから、どこかへ逃げてしまったと言って誤魔化したけど、あのネコはみんなから嫌われていたから、俺たちは一躍ヒーローになった。でも、その日の内に親同伴でババアの店に謝りに行かされた。そのとき、一人だけ親の来ていない隆造の顔が、何だか少しだけ寂しそうに見えた。

店に行くと、ババアはそれこそ鬼婆のような形相で、「ネコを返せ、ネコを返せ」ってずっと言っていた。そんなババアを見ていると、何だかネコが化けて出て来るんじゃないかって気がして来てちょっと怖くなったけど、化け猫は一度も出て来ていない。

その事件から半年くらいたって、俺たちが五年生になるころにババアは死んでしまった。そして近くで酒屋を営んでいたババアの息子夫婦が、その駄菓子屋も酒屋にしてしまったから、ババアの店はもう今はない。

「見えるか?」

隆造や竹内たちが懐中電灯で池を照らしながら俺に聞いた。

俺は池のふちにはいつくばって、オオサンのひそんでいる穴をのぞきこんでいた。

「いるいる」

オオサンは、その無表情で気持ちの悪い大きな顔をすみかの穴から少しだけ出していた。はっきり言って、トカゲの顔よりキモい。

釣り針にゴムでできた五百円玉くらいの大きさのクモをつけて、俺はゆっくりと釣り糸をオオサンの穴の前にたらした。

俺と隆造とトカゲがオオサンを釣り上げる役まわりだ。

正太郎と竹内は、竹内が持ってきたタモアミを持って生け捕る体勢に入っている。でも、そのタモアミちょっと小さくないか。一年生のガキがトンボ追いかけるんじゃないんだから。

みんなの懐中電灯が消えると、辺りは月あかりだけにつつまれた。

オオサンは夜行性だから、絶対に食いついてくるはずだ。

暗くなると、妙な緊張感につつまれて俺たちは黙っていた。

もう四月だけど、夜になるとまだひんやりとしている。

黙っていると、俺はまた塾のことを思い出してきて、ユーウツな気分になってきた。塾が始まればきっとこうして隆造たちと遊べる時間も少なくなってしまうに違いない。

「はぁ」

自然とため息も出てしまう。

「どうしたんだよ。ため息なんかついて」

そんな俺を見て隆造が言った。

「別に……なんでもねーよ」

俺は、塾に通わされることを隆造に話したくなかった。遊ぶ時間も少なくなるし、何より親の言いなりになって塾に通うなんて俺からしたらカッコ悪すぎる。

俺はコイツらの前では、つーか隆造の前ではつねに〝カッコいい俺〟でありたいんだよね。

「ゲリでもしてんのかよ」

「バーカ。してねーよ」

「じゃ、やっぱりなんかあんじゃねーか」

隆造はこういうカンが妙に鋭い。

「お前がオオサンを生け捕りにしようって言い出したのに、約束も忘れてるからよ」

俺は思わず黙ってしまった。こうやって聞き出すのもうまいんだコイツは。

俺はたまに、ホントにたまーにだけど、隆造のそんなところが、ちょっとだけ息苦しくなることがある。だって隆造には何でも見透かされてるような気がして、こいつの前じゃいいかげんなことができないなってプレッシャーを感じるんだ。

どうせすぐにバレることだし、恥ずかしいけど俺は塾のことを言ってしまおうと思った。

いつの間にか、トカゲや正太郎たちもみんな俺に注目している。そんなに注目されると余計に言いづらくなるじゃねーか。

「たいしたことじゃないんだけど……。俺、来週から塾に行かされるんだよ」

「ジュク……」

隆造がつぶやくと、辺りがセイジャクってやつにつつまれた。

なんだよ。なんでみんな黙ってんだよ。「塾に行くのかよ、カッコ悪いなコイツ」とかって俺のこと思ってんだろ、なんて思っていると、

「なんだよ！　そんなことかよ！」

隆造が笑いながら言った。

「だってお前、附中受けるんだろ。お前の母ちゃん、そう言ってたじゃねーか」

「そ、そうだけど……」

確かにママは、隆造たちの前でも俺に附中を受けさせると宣言していた。それどころかみんなで頑張って勉強して、先生たちを見返してやりなさい、とかどう考えても無理なことばかり言うんだ。

でも、俺は何だか隆造の反応が悲しかった。

隆造は中学で俺と離れるのが寂しくないのだろうか。俺は正直、寂しくてたまらない。

そのとき、いきなり釣り糸がものすごい力で引っ張られた。

「ウワッ！！！」

釣り糸を持っていた俺と隆造とトカゲが同時に叫んで、トカゲは池にドボンと落ちた。

オオサンのヤロウ、俺たちが油断するのを狙っていたかのように食いつきやがった。

「冷たいー！」

池に落ちたトカゲが溺れそうになりながらわめいている。

「バカっ！　あげろ！　あげろ！」

トカゲを無視して竹内が叫ぶ。

俺と隆造は必死に糸をたぐった。

いつもはほとんど動かないオオサンが水の中でバシャバシャと暴れ回ってやがる。その迫力はちょっと想像以上で、しかも暴れまくるオオサンはやたらと重い。

「重いー！」

「手がイテー！」

俺と隆造はまた同時に叫んだ。

「はなすなよ！」

正太郎がタモアミを放り投げて、俺たちの助っ人に入ってくれた。

「トカゲ、つかめー！」

隆造が、溺れているトカゲに無茶なことを叫んだ。

でも、そこは隆造の言うことなら何でもきくトカゲ。

いきなり「オ、オ、オ、オリャー!!」と叫んだかと思うと、あの気持ちの悪いオオサンを抱え上げて陸地に放り投げた。まさに火事場のクソ力ってやつだ。

ビタンッ!!

大きな音がして、オオサンは俺たちの足元に落ちた。

ついにオオサンの生け捕りに成功した俺たちは、しばらく無言でこのヤロウを見つめていた。

陸の上で見るオオサンはほとんど動かなかったけど、なんだか水の中にいるときよりもずっと異様な生き物に見えた。

「こいつ、どうすんだよ？」

隆造が言った。

「うん……どうしようか」

そう言えば生け捕りにしたあとのことは、何も考えてなかった。

「職員室に放り込んどくか」

「それ、いいな」

正太郎と竹内がそんなことを言っている。

そりゃ確かに面白そうだけど、そんなことしたら大変なことになるだろうし、だいたいオオサンが死んじゃうんじゃねーか？

コイツを捕まえて俺はどうしたかったんだろ。

「カワタのネコ殺し」のときみたいに、またヒーローになれるかもしれないとは思っていたけど、何だかそう言うのもカッコ悪いような気がしてだまっていた。それに証拠を残すこともできない。スマホでもあれば写真を撮ることもできるけど、あいにく誰もそんな気のきいたものは持っちゃいない。

そのとき隆造が言った。

「なんかコイツ、臭くねーか？」

言われてみれば、さっきから何か妙な臭いがしてる。何だか生臭くて、死んだ魚の臭いっつーのかなんつーか……。

みんな、クンクンと鼻をならしていると、突然竹内がトカゲを指さして大きな声を出した。

「お前、何だよそれ!?」

みんな一斉にトカゲを見た。

「え？　ウ、ウワッ！　な、何だこれー!?」

ビショビショにぬれたトカゲの服には、白くてドロッとしたアメーバのようなものが所々についていた。

「さっき、オオサンを抱え上げたときについたんじゃねーか！」

「毒かもしんねーぞ！」

みんな口々に言うと、トカゲが気持ち悪そうに服についた染みの臭いをかいだ。

そして叫んだ。

「ク、ク、ク、クッセー!!」

でも、クサいと言われれば、かいでみたくなるのが人間だ。俺たちもかいだ。

「クッセー！！！」

鼻がひんまがりそうだ。

俺は足のツメを切ると、そのツメのにおいをよくかぐんだけど、それの百倍くらい臭い。さっきからクセークセーと思っていたにおいの震源はこれだったんだ。それを一センチの近さでかいじゃったもんだからたまったもんじゃない。

「早く洗ってこい！　服が溶けちゃうかもしんねーぞ！」

隆造がそう言うと、トカゲは水道の方へすっ飛んで行った。

そのうしろ姿を見て、俺たちは大笑いした。

いやいや、笑ってる場合じゃない。オオサンの野郎はどうすんだって、俺がオオサンのほうを見ると、まさにヤツは池の中に逃げる寸前だった！

「オオサンが逃げるぞ！」

俺はとっさにヤツのシッポを踏んづけようとしたけど、間一髪、オオサンはボチャリと池の中に逃げてしまった。

「あ……」

思わず間抜けな声を出してボーゼンとしちゃった。

「何だよ！　せっかく苦労して捕まえたのに！」

正太郎が悔しそうに言う。俺だって悔しいよ。だってせっかく苦労して捕まえたのに、これじゃ俺たちがオオサンを生け捕ったって証拠も残らない。

「ま、いいんじゃねーの。職員室に放り込んどくのもいいけどさ、面白かったじゃねーか」

隆造がそう言ったとき、俺は何でこんな計画を思いついたのかちょっと分かった気がした。

確かにオオサンを生け捕って、みんなに「スゲェ！　スゲェ！」とか言われたかったけど、誰に一番そう言ってほしかったかっていうと隆造だ。

俺は隆造にスゲェと思われたくて、こんなアホな計画を立てたんだな。そう思われたかどうかはわかんねえけど、まぁ、コイツが楽しんでくれたんなら俺も嬉しいってもんだ。


「心配することねーよ」

帰り道、隆造と並んで自転車で走っていると、隆造がそう言ってきた。

「なにが？」

「俺たちが中学で離れることなんてないだろ」

「なんだよ、いきなり……」

さっきはオオサンの野郎が食いついてきたから途中になっていたその話をいきなり切り出されて、俺は少しびっくりした。

「だってお前、附中なんか受かると思ってんのかよ」

「へ……？」

俺は、オオサンに逃げられたときよりも間抜けな声を出してしまった。

さすがに隆造は鋭い。そうだ。どんなに勉強したって俺が附中なんか受かるわけないよ。そうだよ、中学で別々になるなんてありえない。

そう思うと、俺の心も少しは軽くなった。

「でも、やっぱ塾なんか行きたくねーよ」

俺がつぶやくと、自転車に乗ったまま隆造が肩を組んできて言った。

「万が一、お前が附中に受かったらよ、俺も猛勉強して附中に転校してやるよ」

俺はその一言にマジで感動していた。

どんなに嫌なことがあっても、隆造が一緒にいてくれれば、それがたいしたことじゃないように感じるから不思議だ。だから俺も、こいつの前ではカッコ良くいたいんだよな。そりゃ確かに少し疲れちゃうこともあるんだけどさ。

一応言っとくけど、俺はホモじゃない。気になる女子だっている。巨乳の山岸《やまぎし》に、メガネの似合うエリカ、茶パツの山本《やまもと》に、八重歯がかわいい門脇《かどわき》……多すぎるくらいいる。

でも、そんな女子たちの前でカッコつけるより、はるかに緊張するっていうか、考えることが多すぎて、疲れちゃうんだよな、隆造の前でカッコつけるのは。

3

「あった！　俺、三組だ！」

竹内がそういうのと同時に、

「俺、一組だ！」

と俺は言った。

今日から六年生になるという日、俺と竹内は廊下に貼り出されたクラス分けの紙を見て、ほぼ同時に自分たちの名前を見つけた。

俺はトカゲと一緒の一組で隆造は正太郎と同じ二組になり、竹内だけ一人三組になってしまった。

やっぱりみんなバラバラか。でも、これは予想したことだった。

俺たちの小学校では、五年生までは二年おきのクラス替えなんだけど、その一年後にもクラスが替わる。つまり四年から五年になるときと、五年から六年になるときにもクラスが替わる。これは俺たちの代から始まったモデルケースとかいうやつで、理由はよく知らないけど、出来るだけ六年間でみんなと顔見知りになりましょうとかそんなとこだと思う。

俺と隆造は三年生から五年生まで同じクラスだった。

三、四年生のときは奇跡的にトカゲ、正太郎、竹内とみんな同じクラスで、そうとうメチャクチャなことをしていた。

そのときの担任だった野田《のだ》先生という優しいオバちゃんは、途中で体を壊して入院してしまったくらいだ。

廊下に立たせれば遊びに行く。教室に置いとけば私語ばかり。席を離せば真面目な子を巻き込んでおしゃべりをして授業にならなかった。いわゆる学級崩壊ってやつで、俺のママはよく学校に呼び出されていたけど、そんな大げさなもんだったのだろうか？　なんて俺がそう思うのは、ママが学校に呼び出されては、

「そんなに大げさなことじゃないのにねぇ。とにかくおとなしくしてなさいよ、授業中くらい」

と言ってたからなんだけど。

ママは不思議だ。だってヒステリーを起こして俺のことをしょっちゅう怒るくせに、俺が先生や近所のおばちゃんから怒られると、その先生やおばちゃんの文句を言う。

それどころか、近所で俺の自慢話をよくしている。

「あの子のピアノは天才的だと思う」

なんてことを平気で言う。もちろん「やる気になれば」という言葉をつけてはいるけれど、それでも恥ずかしすぎる。

『ウチのお母さんは近所で僕の自慢話をします。僕は困ってます』なんて俺が連絡帳に書いたら、と言うかママがそう書けと言うので俺は嫌々ながら書いたのだけれど、そうしたら担任の内田《うちだ》先生からこんな返事が来たことがある。「ホントに親バ

カで僕も困ってるんですよって言うといいですよ」って。

ママはそれを読んで、

「やっぱり内田先生はセンスある。四年生のときの野田先生とは違う」

なんて爆笑していたけれど、何もおかしくねーっつうの。それに連絡帳に書く内容まで自分で決めて先生からの返事を評論するのもやめてほしい。そのためにママは話を盛りすぎるから俺は迷惑している。

ちなみに六年生も担任は内田先生だ。内田先生は若い男の先生で、お兄ちゃんみたいで俺は好きだった。


「ま、離れたってどうってことねーけどな」

隆造が言った。

「まぁな」

俺も強がってそう答えたけど、ホントはちょっと……。いや、正直言ってかなり不安だった。いくらバラバラになっても、俺たちの結束はかたい。と言いたいとこだけど俺と同じ組なのはトカゲだ。

確かにトカゲは俺たちの仲間だけど、それは隆造に気に入られてるからで、それがなけりゃコイツはただのイジメられっ子だ。

じっさい俺だって、一、二年のときはトカゲをイジメてた。イジメってってもみんなで無視するとかそんなインケンなやつじゃなくて、トロいトカゲをからかったりして遊んでただけなんだけど。まあでもそれを世間ではイジメということは先生たちからさんざっぱら言われたので分かっているつもりだけど。

トカゲのそんな学校内でのポジションは今もぜんぜん変わってないから、はっきり言えばトカゲには俺たち以外に友達がいない。だから新しいクラスでは俺がトカゲの面倒を見なきゃいけねえってことだ。隆造と離れたとたんに俺がトカゲのことなんかほっといたら、隆造にどう思われるか分かったもんじゃない。

これが隆造と付き合う上での悩みどころなんだよな。プレッシャーを感じてしまうんだ。

あーあ、トカゲと二人だけなら竹内みたいに一人のほうがマシだ。そんなふうに思う自分のことが少しイヤだったけど、正直なとこでもあるんだよなあ。

「いいか。お前、ナメられるようなことすんなよ。ボリボリ汚く顔なんかかくんじやねーぞ」

俺は隆造がトカゲによく言ってるセリフを言って、クギを刺した。

「う、うん。だ、大丈夫だよ」

そう言いながら、トカゲはもう顔をかきむしってやがる。

トカゲと一緒に一組の教室に入って行くと、何だかバチバチと刺すような視線を感じた。

誰だ？　いきなりガン付けてくるヤツは！　とそのバチバチ光線を目で追っていくと……。

ゲーッ！　こいつも同じクラスかよ!?

バチバチ光線を俺に送ってきたのは明たち数人のグループだった。

ヤなのと一緒になっちゃった。

そう思いながら、俺は黒板に書いてある座席表で自分の席を探して座った。たぶんこのクラスになった明の取り巻き以外の男子全員がそう思ってるに違いない。

明とは一、二年のときに同じクラスだったけど、よく友達をツネッては泣かしていた。実は俺も何度か泣かされたことがある。

オオサンじゃないけど、ホントに雷が鳴るまで離さないんじゃねーかって思った。以来、俺はどうもコイツが苦手だ。ここだけの話、正直言って少しびびってるかも。

勉強もよくできる明は常に威張っていて、トカゲなんか完全にイジメの対象になっていた。

三年生のときに、隆造にやられてからは少し大人しくなってたんだけど、五年生の頃から六年生のガキ大将の政《まさ》ちゃんと急にツルみ始めて、またエバり散らすようになっていたんだ。

それでも明は隆造に手出ししてくることはなかったけど、去年、明のグループにいたヤツが、一日だけ違うグループのヤツと遊んだだけで、明は政ちゃんに頼んでそいつをボコボコにしてもらったくらいだ。

政ちゃんはこの春に卒業して、今はもう中学生だからいないけど、今でもツルんでるみたいで、明はよく政ちゃんのケンカに立ち会った話とかしてる。自分は見てただけのクセに。

表面上は俺と明の間に対立はないけれど、隆造と仲が良いってだけで、ヤツは絶対に俺のことが嫌いなはずだ。

トカゲなんか、昔の思い出が蘇るのか、もううつむいてやがる。

「よう！　また一緒になったな」

何を考えてんのか、明の野郎が俺に言ってきた。

「お、おう！」

びびってると思われるのがイヤで、俺はなるべく大きな声で言った。

「おう！　だってよ。ワハハッ！」

何がおかしいのか明がそう言うと、取り巻きの連中も大声で笑った。

クソッ！　ムカつくヤツだ。俺のことをからかってやがる。政ちゃんがいねーとか何にもできねーくせに。といっても俺だって隆造がいないと何もできないヤツとか思われてんだろうけど。

塾に入れられるし、クラスはサイテーだし、何だかハードな一年が始まるような気がする。

4

「絶対行くからついて来ないでよ！」

駅まで送って行くというママに俺はそう言った。

今日からいよいよ塾が始まる。

能開塾は、俺の住む町から電車で一時間もかかる街にある。

ママは、俺がちゃんと電車に乗るまで見張ってると言うんだ。六年生にもなって母親と二人で仲良く自転車なんかこいでらんないし、万が一にでも隆造とか他の友達にそんな姿を見られたくない。それに、もし隆造たちに会ったらママは絶対にこう言うだろう。

「あら、隆造くん。こんにちは。この子、今日から塾なの。もうイヤがってイヤがって泣いちゃったんだから。隆造くんもちゃんと勉強しなさいよ。今からでも遅くないんだから……」

だから俺は絶対に一人で行くって宣言したんだけど、俺がそう言えば言うほど、ママは俺が途中で誰かと待ち合わせでもして塾に行かないんじゃないかと心配になるみたいだ。結局ついてきやがった。

ママが、「教育ママ」になった原因は何となく想像がつく。

ママはよく俺に言う。

こんな田舎町、すぐに出て行きなさい、って。

都会に行ったら面白いことがたくさんあるのよ、って。

そして、都会に出たときにもっと楽しく過ごすために、今、頑張って勉強しときなさい、って言う。あんたのためなんだから、将来のためなんだからって。

でも、俺はその言葉をあんまり信用してない。

大人の言う「あんたのため」とか「将来のため」って言葉ほど信用できないものはない。

「あんたのためにピアノをさせるの」

「あんたのために勉強やれって言うの」

「あんたのためにテレビ見せないの」

「あんたが将来、素晴らしい人生歩むためなの」

だったらまずは自分がやればいい、って俺が言い返すと、

「屁理屈はやめなさい！」

って怒る。別に屁理屈のつもりはないのに。

すごく卑怯だと思うけど、ただ一応、ママなりの理由もあるみたいだ。ママは九州の出身なんだけど、大学生のときに東京に出た。そして、同じように、大学時代に東京に出ていたパパと知り合った。

大学を卒業したあと、パパは東京で働いていたんだけど、おじいちゃんが病気になって、ガソリンスタンドを継ぐために鳥取に戻らなければいけなくなってしまい、ママに土下座していっしょに来てほしいって頼んだらしい（土下座はママの言葉だからこれもあまり信用できないけど）。

ママは、ここにお嫁に来たばかりの頃の話をよくする。今でこそピアノ教室を開いているけれど、その頃は友達もいなくてずいぶん寂しい思いをしたらしい。友達を作ろうと思って、近所の人をコーヒーにさそっても変な目で見られただけだったみたいだ。

ママがそんなふうに辛い時期に、パパは仕事が忙しくて家にもあまりいられなか

ったらしい。そのときの辛さをママはパパのせいにもしていて、いまだにネチネチと言うからそれもケンカになる原因の一つだ。

ただ、俺も一度カワタのババアにこんなことを言われたことがある。

「お前のお母ちゃんはここに来たばっかりの頃、いつも派手な服着て歩いてた。カンカン娘みたいだった」

カンカン娘が何のことかよく分からなかったけど、ママはいまだにそのときのことを恨んでいるに違いない（カワタのババアだけじゃなく、ママを変な目で見た人たちのことだ）。

だからきっと、ママは見返したいんだと思う。俺を出来のいい子に育てて、自分を変な目で見た人たちを見返したいんだ。

でも、そんなの俺にとっちゃいい迷惑だ。そりゃそんな思いをしたママも少しはかわいそうだけど、見返すなら俺なんか利用せずに、自分で見返してくれよって思う。俺を巻き込まないでほしい。

せめて外で俺の自慢話をするのだけは勘弁してほしいんだよな。

それもおかしな目で見られる理由の一つなんじゃねーか？

「じゃあね！　一生懸命頑張ってくんのよ！」

結局、俺が電車に乗り込むまで見ていたママは嬉しそうにそう言って帰って行った。

「はぁぁ……」

座席に座ると、電車中に聞こえるんじゃないかってくらい大きなタメ息が出て、世界で一番不幸な子供のような気持ちになってきた。なんかこれからとんでもない地獄に送られるみたいな気持ちだ。きっと隆造たちは今ごろ楽しく遊んでいるに違いない。そんなことを思うと余計に憂鬱になる。

塾ではいったいどんな授業が待ち受けてんだろ？　一人一人当てられたらどうしよう？　どうせ俺は答えることができない。みんな俺をバカだと思うだろうか。思うよな。つーか、俺くらいの成績であの塾に通うヤツっているんだろうか？　俺の国語算数理科社会の成績はすべて「できている」だ。「よくできている」「できている」「もう少しがんばろう」の三つにわけての評価で、隆造やトカゲはほとんど「もう少しがんばろう」だからあの二人に比べればマシだけど、思いっきり普通の成績だ。きっと能開塾に来るヤツなんてみんな「よくできている」ヤツばかりだろう。

色んなことが心配になってきて、電車が目的地に近づくにつれ、歯医者で順番を待つときの一万倍くらい俺の心臓はドキドキし始めてきた。

俺は気が弱い。そして自意識過剰。人からどう思われているのかすごく気になる。学校ではエラぶってるほうだけど、ホントは自分がメチャクチャ気の小さいヤツだって分かってる。

「はぁぁぁ……」

十二回目のため息をついたころ、電車は駅についた。

塾の入っているビルは駅の裏側にある。徒歩五分で着いてしまう。歩き出すと、何だか足に鉄のおもりをつけられているみたいに体が重い。それに気分も悪くなってきて、俺はもうほとんどゲロを吐きそうな気分だった。

ウチの家族は月に一、二度この街に映画を観にくることがある。

パパもママも映画が好きで、その影響で俺も映画が好きになった。だから俺はこの街に来ることをすごく楽しみにしているけど、まさかこんな最低な気分で来ることなんか予想もしてなかった。

塾のあるビルに入って行くヤツは、やっぱりどいつもこいつも頭の良さそうな顔をしている。そんなヤツらの顔を見ながらもう一発ため息をつきそうになったときだ。

「高崎君?」

うしろから俺の名前を呼ぶ声が聞こえた。

振り返ると、同じクラスの西野聡《にしのさとし》が立っていた。

「西野……」

「何してるの? こんなとこで」

「な、何って……」

「まさか、高崎君も能開塾?」

「も、って……え、じゃあお前も!?」

思わず俺は嬉しそうな声を出してしまった。知ってるヤツがいた。けれど西野とはロクにしゃべったことはない。

西野とは一、二年生のときも同じクラスだった。絵がうまくて、よく教科書にパラパラマンガを描いたり、先生たちの似顔絵を描いたりしていたのは知ってるけど、基本的には大人しくて、体も小さいし、運動もぜんぜん出来ないからあまり友達のいないタイプだ。六年生になってまた同じクラスになっていたけど、相変わらずいるのかいないのか分からないヤツで、そう言えば俺は六年生になってからまだ一度も西野としゃべってねーんじゃねーか？

でも、そんなヤツとはいえ、知ってるヤツがここにいるってことで俺は少し勇気付けられた。

「まず皆さんに言っておきたいのは、今のご時世、良い中学に入って、良い高校に入って、良い大学を出れば、良い将来が待っていると思うのは大間違いです。ちょっと先の未来はどうなるか分からない。そのために、皆さんにはまず自分の将来は自分で考えるということを身につけて頂きたい。無事に中学に受かっても、行くか行かないかは自分で決めて頂きたい。ならばなぜ中学受験用の塾なんかに通うのか。この先どうなってしまうのかよく分からない社会を生きていく上で、良い中学に入るくらいの学力は、当り前のように身につけておいて頂きたいのです！」

ホワイトボードの前で大声でしゃべっている一番偉そうな先生の言葉は、俺にはよく分からなかったけど、周りを見渡すと、みんな真剣な顔つきで聞いている。

ふと西野のほうを見ると、ヤツはカリカリと何やら落書きをしているようだ。

余裕あんなぁ。

俺はそんな西野を見て、少しだけヤツのことを見直した。

その後、一人一人先生の紹介があって、すぐに算数の授業が始まった。この塾指定の分厚い参考書を出してどんどん授業が進む。予想通り、一人一人に問題を解かせていくやり方だ。

俺は自分が当てられることになりそうな問題を見たけど、さっぱり分からない。どうしよう。今のところみんな答えられているのに……。なんて思っていると、あっと言う間に自分の順番が来てしまった。

「わ、わかりません……」

蚊の鳴くような声で俺はそう言うしかなかった。あーあ、こんな姿、絶対に隆造には見せられない。

「つぎ」

先生は何ごともなかったかのように俺の隣のヤツにその問題を解かせた。

怒られたり、みんながバカにしたような視線を送ってくるようなことはなかったけど、俺はとてつもなく恥ずかしかった。やっぱ自意識過剰なのかな。

昼休みに入ると、初日の緊張感からかもうぐったりと疲れていて、ママの作ってくれた弁当もあまりすすまなかった。六時間目まである木曜日の学校が終わったときよりも疲れていた。

「どう？　初日の感想は？」

菓子パンを食べながら西野が話しかけてきた。

「メチャクチャ疲れたよ」

「午後はミニテストだけだから、少しは楽だよ」

「えー、テストまであんのかよ!?」

「でも、テストのほうがいいじゃない。当てられる心配もないし、終わった人から帰れるし」

「そうかぁ。それなら確かにそのほうがいいかもな」

少しだけ気持ちが楽になると、急におなかもすいて来て、俺はすすんでいなかった弁当を食べ始めた。

「お前、弁当は？」

菓子パンをかじっている西野に俺は聞いた。

「これだよ」

西野はそう言うと、二つ目のチョココロネの袋を開けた。


帰りも西野と二人で電車に乗って帰った。

西野は四年生のときからこの塾に通っているらしい。

「でも、僕はここでは落ちこぼれなんだよ。行かないと親がうるさいからさ」

「お前が落ちこぼれなら、俺はどうなるんだよ」

「大丈夫だよ。黙って座ってりゃいいんだから」

「でも、今日みたいに順番に当てられるんだろ」

「わかりませんって言っとけばいいよ」

平然とそう言ってのける西野が、妙に頼もしく見える。学校とは大違いだ。

「それに、僕にとってはあそこは学校よりもぜんぜんマシな場所だよ」

その言葉に俺は驚いてしまった。あんな地獄のような場所が学校よりもマシなんて、こいつやっぱりどうかしてる。

「はぁ!? 何言ってんのお前。バカじゃねーの!」

思わずそう言ってしまった俺に、西野はニコニコしながら言った。

「でも、高崎君と一緒に通えて嬉しいよ。やっぱり一人は退屈だしね」

そりゃ俺もお前がいてくれて助かったけどさぁ……。俺の場合は一人よりはマシってだけなんだよね。

もちろん口には出さずに心の中でそう思った。

あーあ、隆造たちは今ごろ何をしてんのかな。やっぱり楽しく遊んでるんだろうな。多分今日は五十回目以上になるため息がまた出てしまった。


「どうだった?」

「頑張れそう?」

「行けばたいしたことないでしょ?」

家に帰ると、ママが嬉しそうに質問攻めしてきた。

「別に」

「わかんない」

「さぁ」

どの質問にも俺はテキトーに返事をしただけだけど、ホントはちょっとだけ、ホントにちょっとだけなんだけど、妙に充実した気持ちにもなっていた。

だって人生でこんなに長く勉強をしたのって初めてだったから。

5

バ――ン!!

昼休みの体育館に、ピストルの音が響き渡った。

「キャー!!」

「なんだー!?」

体育館でドッジボールやバスケットボールをして遊んでいた連中が一斉に悲鳴をあげている。

俺たちは体育用具室の中で腹を抱えて笑っていた。

たった今、隆造が体育用具室の扉を少しだけあけて、運動会のときに撃つピストルを体育館の中に向けてぶっ放したんだ。

六年生になってから、昼休みのたまり場はこの体育用具室だ。

ここにはマットやら跳び箱やら、運動会のときに引く白線の粉やら色んなものがあって、ここでプロレスごっことかして遊ぶのはサイコーに楽しい。

ここは去年まで政ちゃんたちのたまり場だった。五年生で入れたのは明だけだ。だから明は六年生になったら当然のようにこの用具室を縄張りにしてたんだけど、そこに平然と入っていったのが隆造だった。

六年生になって一週間ほどたったころの昼休み、隆造が「プロレスをしよう」と言い出して、俺たちは用具室に行った。

「で、でも、あ、明たちがいるぜ」

「そんなのカンケーねーよ」

びびりながら言うトカゲに隆造はそう言って、用具室に入った。

ケンカになるかも知れないな……。そう思うと、俺も少しだけそこに行くのはイヤだったけど、まさか隆造の前でびびってるとこを見せるわけにもいかないからついて行った。

「何だよ、お前ら」

入って来た俺たちに、家から持ってきたジュースやお菓子を飲んだり食べたりしていた明が言った。

「何でもねーよ。プロレスしに来たんだよ」

隆造はそう言うと、平然とマットをしき出して、トカゲ相手に技をかけ始めた。明たちは、何か文句を言いたそうな顔をしていたけど、しばらく黙って俺たちを見ていた。その視線が気になって、俺はプロレスを楽しめなかったけど、しばらくすると明たちは「ウゼェから行こうぜ」と言って出て行ってしまった。

その日から用具室は誰でも入れる場所になった。隆造は次々と新しいクラスメイトを連れて来たし、自分たち以外はここにいられないなんて空気を作らないからだ。

今もこの用具室の中には十人ほどの生徒がいて、みんなで腹を抱えて笑っていた。

「今日、塾ねーよな？」

隆造がきいてきた。

「ねーよ」

「じゃ、帰りに正太郎んち行かねぇ？　今日休んでっからパン届けに行くんだよ。あいつ、昨日ゲーム買ったから、どうせズルだよ。エロサイト、見せてもらおうぜ」

「行く行く！」

エロサイトも嬉しいけど、俺は久しぶりに隆造と遊べることが嬉しかった。

放課後。俺たちは、いつもの四人で正太郎の家に向かった。この四人ってとこが、俺は嬉しかった。そりゃクラスが替われば新しい友達もできるけど、エロサイトを見るっていう秘密の行為はやっぱりホントの仲間だけですべきだよな。

正太郎と竹内は同じ母子寮に住んでいる。

天神川の土手沿いにある五階建てのちょっとした団地のようになっている建物で、大きな風呂もあったりしてちょっと面白そうなとこだけど、お父さんのいない家庭しか住めない。

正太郎んちは離婚して母子家庭になったんだけど、竹内のお父さんは、竹内がまだ三歳くらいのころに病気で死んでしまったらしい。

でも、二人ともそんなことはぜんぜん平気そうに見える。まぁ、両親のいる俺が言うのもなんだけど、確かにいまどき母子家庭なんて珍しくもない。

新しいゲームを買った翌日は必ずズル休みをする正太郎は、案の定、プレステの『龍が如く5』に夢中だった。ヤクザの抗争ゲームなんだけど、俺はゲームをほとんどしないから詳しいことはよく分からない。

ゲームを買うと、パパもハマッちゃうからという理由で、俺はゲームを買ってもらったことがないんだ。

「そんなつまんねえもんやってんじゃねーよ」

俺と同じく、でもきっと理由はビンボーだからゲームを持ってない隆造がリセットボタンを押そうとする。これで何度もゲームの途中ですべてを水の泡にさせられている正太郎が、ゲーム機を持ったまま逃げた。

「エロサイト、見せろ！」

「アホ。今日は姉ちゃんが風邪ひいて休んでるからダメだ」

「えーー」

俺たちは心底がっかりした声を出した。

「しょうがねーだろ。だから静かにしてくれよ。怒られるからよ」

それでもゲームから目をはなさずに正太郎が言った。こいつはゲームとなると俺たちの妨害以外は何も目に入らなくなるんだ。

隆造とトカゲの家以外、みんなの家にパソコンはあるけど、エロサイトが見られるのは正太郎の家だけだ。

竹内んちのお母さんは、家でパソコンを使いながら仕事をしているらしいし、俺んちはママがいじらせてくれない。どうしても映画の時間とか調べるためにいじるときはママが横についてる。一人でいじらせてくれない理由は「まだ早い」からだそうだ。

何が「早い」んだってんだ。テレビなんか見てると、都会じゃ俺たちと同じくらいの年のやつらが何だかよく知らねーけどがんがんパソコンいじって何かのソフトを自分で作ったとか作らないとか言ってた。

俺はソフトという言葉の意味があまりよく分からない。アイスクリームしか浮かんでこないけど、きっとママは、俺がエロサイトを見ると思ってるんだと思う。

ママは家族でテレビで映画を見てても、エッチなシーンがあると必ずチャンネルを替える。そんなことされると余計変な空気になるし、もう俺たち見ちゃってるし。でも夢にもそんなことを思っていないママは「まだ早いわよ」なんて言っている。

だから大っぴらに見られるのは正太郎の家だけなんだけど、姉ちゃんがいないときに限る。

正太郎にはオッパイのすごく大きな中学生のお姉ちゃんがいる。巨乳の山岸よりもっとデカい。そのお姉ちゃんはヤンキーでいつも短いスカートをはいている。

俺たちはこの母子寮の階段の下にひそんで何度も正太郎の姉ちゃんのパンツを見たことがある。それどころか正太郎の姉ちゃんがまだ六年生のころ（俺たちは四年生）、正太郎の姉ちゃんのオッパイをもんで走って逃げる「モミダッシュ」ってのがハヤったこともある。そのたびに正太郎は叩かれてたけど。

小学生のころは、ただの「オッパイの大きなデブの女子」だった正太郎の姉ちゃんは、中学に入ってダイエットしてから、「オッパイの大きなキレイなお姉さん」に大変身した。変身してからもこの家で何度か顔を合わせたことはあるけど、俺たちはすっかりそのオーラに押されて、あれだけ触っていたオッパイに手出しできなくなった。どころか、声をかけることもできなくなった。

その姉ちゃんが、風邪ひいて隣で寝ている。

これはひょっとしたらエロサイトよりも面白いんじゃねーかと思ったのは俺だけじゃなかったみたいで、隆造と竹内はもう隣の部屋に続くふすまをソロッと開けようとしてる。

ゲームとなると夢中になってしまう正太郎はぜんぜん気づいてない。

俺たちは、そっとふすまを閉めると、四つん這いになって音を立てないように、ソロッと正太郎の姉ちゃんに近寄って行った。

暑いのか、正太郎の姉ちゃんはフトンをほとんど蹴飛ばして寝ている。パジャマの胸元がちょっと開いていて、首にかいている汗が何だか少しヤらしい。

「オッパイ、触っちゃうか」

隆造が小声で言うと、「え、え、えー!」とトカゲが大声を出したもんだから、俺たちは慌ててトカゲの口を押さえた。

「ヤ、ヤバくねーか」

そう言いながらも、俺の心臓はさっきからマッハのスピードでドキドキして……ついでにチンチンはしっかりテントをはっていた。

「トカゲ、いけっ」

隆造が小声で言うと、トカゲはそろっと正太郎の姉ちゃんが寝ているフトンの中に手を入れた。ほんとコイツは隆造の言うことなら何でも聞くんだなと俺は呆れると同時にとてもうらやましかった。

つーかうらやましかったのは俺だけじゃないみたいで、命令した隆造や竹内だって血走った目をおっぴろげてゴクリと生ツバ飲み込んでやがる。

「メ、メッチャやわらかい……」

トロけそうな声でトカゲがそう言ったとき、パチクリと正太郎の姉ちゃんの目が開いた。

その瞬間、正太郎の姉ちゃんはなにが起きてるのか分からない様子だったけど、俺たちも金縛りにあったみたいに動けなかった。

「ギャ〜〜!!!」

次の瞬間、正太郎の姉ちゃんはものすごい悲鳴をあげると、目の前のトカゲのバッチィ顔をひっかいた。

「ギャッ!!」

ひっかかれたトカゲが妙にリアルな悲鳴をあげると、ようやく俺たちも金縛りからとかれてすっ飛んでその場から逃げた。

ガチンッ!!

さわぎにびっくりして入ってきた正太郎とトカゲが正面衝突してものすごい音がした。そのまま倒れちゃった二人に竹内がひっかかってころんでいる。

俺と隆造はその三人を飛び越えるようにして、正太郎の家から抜け出し、母子寮の階段を駆け下りた。

「こ、ここまで来れば安心だろ」

隆造はそう言うと、天神川の土手にバタリと倒れた。

もうこれ以上は走れないと思っていた俺も、バッタリと隆造の横に倒れた。

心臓が苦しくて、二人ともしばらくは口もきけないでいた。

「あいつら、どうなったかな？」

ようやく一息ついた隆造が言った。

「知らねぇ」

そうこたえると、また俺たちはだまっていた。

空には真っ赤な夕陽が浮かんでいる。

こうして隆造と二人きりになるのも、ずいぶん久しぶりだ。

塾に通い始めてからというもの、隆造と遊ぶ時間がものすごく減った。

そのことを隆造はあまり気にしてないみたいだったけど、俺はそれがちょっぴり寂しかった。

塾に入るまでは、隆造はたまにウチで夕飯を食べることもあった。

最初はママが隆造をさそった。四年生のときだったと思う。隆造のお父さんのことで、隆造とは遊んじゃダメだなんて言う親もいたくらいだから、俺はママが隆造をさそってくれたのが嬉しかった。自分がこの町で仲間外れにされたと思っているからか、ママにはそういうところがあって、隆造だけじゃなくトカゲにもおいでと言うのだけど、なぜかトカゲは来ない。

隆造は初めてウチで夕飯を食べたとき、何だか照れたような困ったような顔をしてモゾモゾとご飯を食べるだけだったけど、そのうちママとは打ち解けてよくしゃべるようになった。先生の悪口とか学校での出来事とか、俺がふだん家で話しているようなことを俺のかわりにペラペラとしゃべった。

俺は隆造がうちで夕飯を食べるのが嬉しかった。だってそのことが、隆造と一番仲の良い証拠のように思えたから。

家族でショッピングセンターに入ったシネコンに映画を観に行くときも隆造をさそったことがある。隆造にも映画を好きになってほしくて、一生懸命俺は隆造に映画の見所を説明したりした。

そんな出来事が何だかものすごく大昔のように感じられる。

もう隆造がウチで夕飯を食べたり、いっしょに映画を観に行ったりすることはないのかな？　このままズルズルと隆造との関係も薄れちゃうのかな？

俺は、ときどきちょっと不安になることがある。俺は、本当の部分で隆造たちの仲間じゃないんじゃないかって。

本当の部分ってのが何かはうまく説明できない。

ただ、隆造もトカゲも、「良くない家庭環境」に育っている。正太郎や竹内にはお父さんがいない。

あいつらに比べると、母親がちょっと教育ママってくらいで、俺の環境は幸せだ。ピアノをやらされたり、塾に行けるのは幸せだってママも言ってた。隆造やトカゲは行きたくても行けないんだって。それがいつか分かるときがくるって言ってたことがある。ママの言うことは何となく分かるけど、それでも俺は、隆造たちと何かが違うってことがイヤだった。

塾に行くことを、隆造に話したくなかったのにはそんな理由もあった。

ちょっとくらいビンボーでも、ちょっとくらい家庭環境が悪くてもいいから、何か一つでも隆造たちとの共通点が欲しかった。そのことが、ホントの仲間である証拠のように思えた。

「誰だ、あいつ」

ボンヤリとそんなことを思っていると、隆造が言った。

土手の下の河川敷から、俺たちと同じくらいの年に見えるヤツが、俺たちのほうを見ていた。ニューヨークヤンキースの帽子をかぶったそいつは、片手にエアガンのマシンガンを持っている。ここいらじゃ見かけないヤツだ。

「あいつ、マシンガン持ってるぞ。M16じゃねーか、あれ」

俺は隆造に言った。

「エアガンに決まってるだろ。中学生かな」

「なんか、ガン付けてきてねぇ？」

そいつはしばらく俺たちのほうを見てたけど、また川のほうに向かってエアガンを撃ち始めた。そしてまたチラチラと俺たちのほうを見てる。何だかエアガンを自慢してるみたいだ。

「なに撃ってんだろうな？」

「さぁ……」

ボケッとそいつを見ていると、

「ふざけんなよ！　お前ら！」

と正太郎のかん高い声がした。

「ブン殴られたじゃねーかよ！　お前らもう出入り禁止だからな！」

どうやら姉ちゃんにつかまって、三人ともひっぱたかれたみたいだ。

「俺はさわってねーよ！　トカゲだよ！」

「メ、メッチャッ……や、や、やわらかかった！」

「アホッ！」

正太郎の姉ちゃんにひっかかれた顔から血を流しながら言うトカゲに、正太郎がケリを入れるとトカゲは土手を転がり落ちていった。

「あいつ、死刑だー！」

隆造はそう叫ぶと、土手を駆け下りてトカゲの上にダイビングボディプレスをした。とうぜん正太郎や竹内、そして俺もトカゲの上にのしかかる。

プロレスごっこをしていると、またエアガン野郎が俺たちのほうを見ていた。


夕飯後、部屋で塾の宿題を前に頭を抱えていたら（宿題だけはやっていかないと、来ても意味がないってことで家に帰されるからママに大目玉を食らう）、ピンポーンと玄関のチャイムの鳴る音がした。

しばらくすると、

「瞬。ちょっとおいでー！」

とママの呼ぶ声がして、俺は玄関に下りていった。

びっくりした。だってそこにはあのエアガン野郎とそいつのお母さんがいたんだ。ヤンキースの帽子をかぶってたから一発で分かった。

「小林《こばやし》君よ。転校生なんだって。あんた仲良くしてあげなさいよ。あ、そうだ、良かったら少しお話ししていけば。学校のこと、教えてあげなさいよ」

ママはそう言うと、もう遅いからと遠慮する小林のお母さんと小林をムリヤリ家にあげた。出たよ、チョーおせっかいなとこが。しかも今日はパパも仕事で帰りが遅くて家にいない。

「じゃあ、少しだけ」

小林のお母さんはそう言うと、「よろしくね」と俺に言った。

「はい……」

なんて俺は返事をしたけど、何をしゃべれっつーんだよ。まったく大人ってのは子供はすぐに誰とでも打ち解けるとか思ってんだろうか。

俺はしかたなく自分の部屋にエアガン野郎……あ、小林を連れてった。

「テキトーに座れよ」

俺がそう言う前に、小林は「あーあ、疲れた」と言いながらもう座っていた。そして俺の塾の宿題を見ると、ニヤニヤしながら「勉強してたんだ？」と言った。

なんだ、こいつ。やけになれなれしいな。

「お前、どっから転校してきたの？」

「岡山」

「へえ。何回か行ったことあるよ」

俺は岡山で行ったことのある地名をいくつかあげたけど、小林は聞いているのかいないのか、部屋の中をキョロキョロ見回している。

「つーか、俺、親の仕事の都合で転校多いから。これでもう四回目」

「へ、へぇ……。他にはどこにいたんだよ」

「言ってもしょーがないだろ」

クソッ。何だかムカつく話し方しやがる。誰かに似てるな、この話し方。でも、何でか分からないけど俺はちょっと負けた気がした。俺は転校なんか一度もしたことがないし、きっとそんな話が出たら泣いてイヤがるだろう。

「ちょっと吸うぜ」

小林はそう言うとポケットから煙草を出して口にくわえた。

こ、こいつ煙草吸ってんのか！　俺はもっと負けた気がしてしまった。

「灰皿ある？」

「ねーよ」

俺が答えると、小林は「チっ」と舌打ちして、「じゃ、これでいいよ」と言って、部屋にあった図工で作った紙粘土のペン差しを勝手に灰皿にしやがった。

でも、俺はやめろと言えなかった……。

小林は持っていたライターで煙草に火をつけると、いきなり激しく咳き込んだ。

「今日はノドの調子が悪いわ」

と言って煙草を紙粘土のペン差しの中でグリグリ消すと俺のほうを見てニヤリとした。

「お前らさぁ、今日、土手の原っぱにいただろ」

「お、おう。だから何だよ」

俺はなめられないモードで答えた。こういうのは最初が肝心だ。

「別に。どんなとこかと思ってちょっと散歩してたらお前らがいたからさ」

「お前もいただろ」

「だから散歩してたって言ってんだろ」

クソッ。ほんとにいちいちムカつくやつだ。でも、俺もなれなれしく聞いてやった。

「お前、なんかマシンガン持ってただろ？　あれ、エアガンか？」

「あたりめーだろ。本物だったらどうすんだよ」

この話し方が誰に似てるのか分かった。明だ。あいつもこういう人をバカにしたような口調で話す。でも、こいつの場合は初対面だ。いくら明でも初対面でこんな話し方はしないと思う。

「ところでさ、お前らの学校でケンカ一番強いヤツって誰？」

「は？　な、何でだよ」

いきなりそんな質問をされて、俺はちょっと驚いた。

「転校生だからってあんまりナメられたくないからさ。俺、転校するたびに、いつもその学校で一番強いヤツとケンカすることにしてっから」

自分……と答えたいところだけど、あいにく俺にはそんなハッタリをかます度胸のないことは自分で一番よく分かってる。現に今もびびってしまっているわけだし。

「し、知らねーよ、そんなの。ケッコーつえぇのいるからさ」

でも、川北小代表として俺もここでなめられる訳にはいかないから、少し強がったふうに答えた。

ひょっとしたら、コイツはすげぇケンカの強いヤツなのかも知れない。だってこれから転校する学校の初めて会うヤツに、俺だったらこんなしゃべり方はできない。何とか友達になろうってする。それが普通だろ？

「ま、どうせすぐ分かるからいいけど」

俺が黙っていると、小林は言った。

何組に入るのか知らねーけど、もし二組だったらこんな態度をとってればすぐに隆造にシメられちゃうだろう。もし俺のクラスなら明だって黙っちゃいない。明とコイツがケンカになったとしても、俺は明のほうを応援しそうだ。

そんなことを思っていると、ヤツのママの呼ぶ声がして小林は帰って行った。

「さようなら」

きちんとママに挨拶して行きやがった。

間違いない。コイツは絶対に明タイプだ。ホントは性格悪いくせに、妙に親や先生のウケはいい、俺の大嫌いなタイプだ。


その小林は隆造たちのクラスに転入した。

俺はさっそく昨日の夜、あいつがウチに来てほざいたことを隆造に告げた。

「シ、シメちゃう？」

出来もしないのに、強がってトカゲが言う。

「バーカ。そんなのほっときゃいいんだよ」

隆造はまったく興味もなさそうだ。

「でも、あいつ完全にナメてるぜ。すげぇムカつくよ」

俺がそう言っても、

「明あたりとケンカすりゃ面白いんじゃねーの。ほっとけ」

と隆造が言って、その話は終わってしまった。

6

「よく頑張った。お前、六年生になってから急激に伸びてるぞ」

担任の内田先生がそう言いながら算数のテストを返してくれた。

答案を見て一番おどろいたのは自分だ。

俺は、生まれて初めてテストで百点を取った。クラスに七人も百点がいたテストだったけど、それでも信じられなかった。

「ほら、見なさい！　やればできるのよ、あんたは！」

テストを見せるとママは大喜びでそう言った。

「ほら見てよ、これ」

ママがパパにテストの答案を見せる。

「まぁ、これくらいの問題だったら百点取らないとな。塾行って今まで通りだったら話にならんだろ」なんて言っているけど、パパも満更でもなさそうだ。

そんな両親を見ていると、俺も悪い気はしない。

「額に入れて飾っとかなきゃね」

「いいよ！　そんなことしなくて！」

俺はムキになって言った。だってホントにそれをしちゃうのがママだ。

そんな家族団らんに水を差したくはなかったけど、俺は一応約束していたことを切り出した。

「この調子で頑張るからさ、もう塾はいいでしょ」

「なに言ってんのよ一回くらいで！　もっとがんばればもっと伸びるのよ！」

すっかり調子にのってるママが言ったけど、俺はママなんかに言ったんじゃない。

「だって成績上がったらやめてもいいって言ったよ」

俺はパパに言ってんだ。

「まぁでも、まだ一回だけだろ。次も百点取ったら考えてやる」

やっぱりそう来ると思ったけど、俺はそれ以上は抵抗しなかった。

簡単に塾をやめられるなんて思ってなかったし、西野という話し相手もいたことで何となく塾にもなれてきたから、ここでやめるのはもったいないかななんて思ってたんだ。

　塾では学校よりもずいぶん先を勉強してるから、学校の授業だけは今までよりもはるかに理解できるようになってたし。

「じゃあ、また頑張るからさ、その代わり……」

　俺は映画に行きたいとパパに言った。

　前は月に一、二度は家族で映画を観に行っていた。もうすぐ夏休みに入るってのに、六年生になってから塾のせいでまだ一度も観に行ってない。

「そういえば最近行ってないなぁ」

「でしょ！　でしょ！　ご褒美がないとがんばれないよ！　せっかく次の日曜日は塾も休みだからさ！　いいかげん『フォースの覚醒』観たいよ！」

「なによそれ」

　ママが聞いた。

「『スター・ウォーズ』の一番新しいやつだよ！　去年からやってたんだから！　ぜんぜん連れてってくれなかったじゃん！　今度『名画を観る会』でやるんだよ！」

「名画を観る会」というのはすごく古い名作映画とか、去年くらいにやっていた話題作を月に一度上映する会で、パパとママはその会員になっている。


「何またそういううるさいやつ?」

ママがイヤそうに言ったけど、そう言うってことはもう決定だ。

「じゃ、次の会に行くか」

「ホントだよ! 絶対だからね」

俺はどうしても『フォースの覚醒』を観たかった。

『スター・ウォーズ』シリーズは俺が生まれる前から作られていて、初めて見たのは『ファントム・メナス』だ。エピソードがいくつかあるみたいでストーリーはよく分からなかったけど、出て来る宇宙船とか生き物とかが面白くて俺は夢中になってテレビにかじりついていた。

ママは「宇宙とかよく分からないじゃない」って途中でやめちゃったけど、俺はすっかり夢中になって、パパを近所のビデオ屋に連れて行ってシリーズをいくつか借りてもらった。もちろん全部すごく面白かった。

これは絶対に隆造も面白がる! そう思った俺は、もう一度エピソード4〜6までをビデオ屋さんから借りてきて、隆造にも見せたくらいだ。スター・ウォーズシリーズはなぜかエピソード4が一番最初に作られたんだ。

案の定、隆造もすっかり『スター・ウォーズ』に夢中になって、しばらくは学校で『スター・ウォーズ』ごっこが流行ったくらいだ。

そのシリーズの最新作『フォースの覚醒』が公開されたのは去年だ。俺は何度も行きたいと言ったけど、ママがそういうのを嫌がっていつの間にか終わってしまい、見逃してしまった。俺は毎月少ない小遣いから買ってる映画雑誌を読んで、公開される冬が待ち遠しくて待ち遠しくてたまらなかったから散々ママに文句を言った。だから今度の「名画を観る会」での上映が決まった時は絶対に連れて行ってもらおうと心に決めていた。もちろん隆造も誘うつもりだ。なかなか遊べなくなっていたし、きっと隆造も久しぶりの映画に大喜びするに違いない。

翌日の昼休み、俺は隆造を誘おうと思っていたけど、隆造は体育用具室に来なかった。

「あいつ、小林といっしょに絵、描かされてるよ」

隆造と同じクラスの正太郎が言った。

「は？　何だよ、それ」

正太郎によると、隆造たちのクラスは午前中の三、四時間目に写生の授業で天神川の土手に行ってたんだけど、隆造はサボってほとんど描かなかったから、昼休みも絵を描かされているらしい。

「なんで小林と一緒なんだよ」

「あいつら、同じ班なんだけど二人でサボってたからさ」

それを聞いて、俺は何だか少し面白くない気持ちになった。一緒にサボるなんてまるで親友同士みたいだ。

小林が転校して来てからもう一ヵ月ほどたつ。

「一番強いヤツとケンカする」

そう言った小林のことはあっという間に六年生の間で話題になった。

それを聞いて、すぐに動いたのはやっぱり明だった。

ただ、明はすぐにケンカを売るんじゃなくて「とりあえず二組で一番強いのは隆造ってヤツだぜ」なんて小林に言って、二人がケンカをするのを楽しみにしているみたいだ。小林がどんなもんか様子を見てるんだろう。明らしいやり方だけど、明が期待するようなことはまだ何も起きてない。

小林はいつもスカした態度で一人でいるみたいだけど、相変わらず隆造は「ほっとけば」って言うだけだ。

俺は内心では、隆造がいつ小林の野郎をコテンパンにするかって期待はしているんだけど、それが起きそうな気配は今のところなかった。

「日曜日かぁ……明後日のだよなぁ……」

掃除の時間、俺が映画に誘うと隆造は困ったような声で言った。

隆造の掃除場所は図工室で、隆造はそこでクラスメイトたちと、ホウキでホッケーをして遊んでいた。

「なんだよ。なんか予定あんのかよ」

予想外の反応に、俺の声も少し沈んだ。ぜったいに隆造は喜んで「行く行く！」って言うと思ってた。

「うん……。つーかお前、日曜は塾があんじゃないの」

「今週は休みなんだよ。何だよ、『フォースの覚醒』だぜ。観たくねーのかよ」

「観たいけどさぁ……。ワリィ、日曜はちょっと無理だわ」

「そうかぁ」

「ワリィな」

俺の顔が落ち込んでいたのか、隆造がそう声をかけてきた。

「しかたねーよ。あ、でもパンフレット買ってくるからさ」

「おお。今度はもうちょい早めに誘ってくれよ」

隆造がそう言うと、見回りの先生が来て俺は図工室から出て行った。

ホントは小林のことも聞きたかったけど、聞けなかった。隆造も何も言わなかったし、なんて聞けばいいのかよく分からない。

「あいつとは仲良くすんな」って……そんなのガキすぎるし……。


予定通り、日曜日は家族で映画を観に行った。

『フォースの覚醒』は予想通りムチャクチャ面白かった。

俺は映画を観たあとはいつだってやる気になる。特にこういうアクションものとかスポ根ものを観たあとは、いつもの弱気な虫もひっこんで何だってできるんじゃないかって気がしてくる。

そりゃたまにはママが好きな静かな映画もいいけど、やっぱりアクション映画とかスポ根映画を観れば、自分も強い人間になりたいって思うから、その日から腕立て伏せとか始めるんだけど、そんな俺を見て、ママはいつも「単純ね」って言う。三日ももたないからそう言われてもしょうがないけど、また今日からやろ。なんて思いながら隆造への土産のパンフレットを買おうとしているときだった。

「高崎君」

うしろから声をかけられて振り返ると、そこには何と西野が立っていた。

「西野!?　なにしてんの、お前!?」

「いや……映画観てたんだけど」

そりゃそうだ。映画観に来なけりゃ映画館に何しに来るんだって感じだけど、まさかこんなとこでコイツと会うとは……。塾で会ったときよりも俺はびっくりした。つーかコイツ、いっつもうしろから声かけてくんな。

「一人で観てたのかよ?」

「うん。高崎君は？」

「いや……家族で。え、西野も会員なの？」

言いながら俺は、家族で映画を観に来ていることが少し恥ずかしくなった。だって俺は一人で映画なんか観に来たことないし、小学生のくせに「名画を観る会」の会員になっている西野が何だかずいぶん大人に見える。

「お友達？」

あーあ、ママが来ちゃったよ。頼むから余計なこと言うなよなぁ。百点とったご褒美で来たとかさぁ。

「同じクラスの……西野」

「西野です。初めまして。高崎君とは塾も同じです」

「あらそうなの！」

ママの声が嬉しそうになった。ヤバい。こういうときはぜったい余計なことを言うんだ。

「一人で来てるの？　すごいわねぇ。よかったら一緒にお昼どう？　この子、百点取ったから、今日は好きなもの食べに行くの。から揚げがいいんだって」

「そ、そんなこと言ってないだろ！」

俺は真っ赤になって言ったけど、本当のことだ。この調子ならご飯を食べてても

ママは西野に塾でのことを聞きまくるだろう。せっかくの大好物のから揚げがまず

くなる。

頼む！　西野、断ってくれ！

でも、俺の心の願いもむなしく、西野は嬉しそうに言った。

「はい。ありがとうございます！」

ホテルの中華料理屋でから揚げを食べながら、俺は驚いていた。

西野がこんなにもよくしゃべるヤツだとは思わなかった。

塾での俺の様子を聞くママに、「瞬君はほんと熱心ですよ。必ず予習もしてくるし、これなら附中間違いなしです」とか「僕なんて四年生の頃から通ってますけど、もう抜かれそうです」なんていいかげんなことをペラペラとしゃべってくれた。それどころか「学校でも人気者だし、瞬君と同じクラスになれてホントに嬉しいです」なんて聞いてる俺のほうが恥ずかしくなってしまうことを言う。でもママ

は「そうでしょ。そうなのよこの子は」なんて言いながら嬉しそうに笑ってる。まったく単純なのはどっちだよ！　つーかパパまでそんな嬉しそうにしてなくていいよ！

「西野君は映画が好きなのか？」

一通り、俺についての話が終わると、パパが聞いた。

「はい。大好きです」

「どんな映画が好きなの？」

今度はママが聞いた。

「うーん……何でも観るから特に好きなジャンルはないんですけど」

「あらそう。この人たち、今日みたいにうるさいのばっかり。こっちの人は戦争映画とかドンパチ」

「あ、でも戦争映画も大好きですよ。『ランボー』とか」

「お、『ランボー』は俺も好きだぜ特に1と2」

『ランボー』シリーズも俺が生まれる前から作られている。

パート1は戦争帰りの兵隊が、たった一人で街の保安官たちに戦いを挑むってやつで、銃撃戦もたくさんあってメチャクチャ面白かった。

そういえば隆造は『ランボー』の大ファンだ。俺は隆造のことを少し思い出してしまった。

「それにたいてい映画の戦争は実際に起こった戦争ですから、どうしてその戦争は始まったんだろうなんて調べたりするといろいろ歴史も分かったりして。そうですね、いつも何か発見があるから映画は大好きです」

西野が真面目な顔をしてしゃべっている。

「あら〜！　発見なんて大人みたいなこと言うわねぇ！」

ママがわざとらしく目をおっぴろげた。

「そうよねぇ！　映画だけじゃなくて何ごとも発見なのよねぇ。何かやってみれば自分の違った面が発見できるかもしれないし。だから塾に行ってよかったでしょ、あんた」

そう言って、ママが俺の頭を小突こうとする。

うるせーなぁ。今は映画の話だろ。何でも勉強に結びつけやがって。

でも……確かに俺は映画を観てもその場で楽しむだけか、いいとこ三日坊主の腕立て伏せをするだけだ。何かを発見なんてしたことがあっただろうか？

……もしかしたら西野ってすげぇヤツなのかも知れない。

楽しそうに笑いながらママの話を聞いている西野を見て、俺は少しだけそう思った。


「ちょっとしゃべり過ぎちゃったかな」

いっしょに入ったトイレで西野が言ってきた。

「い、いや別にいいけどさ、なんかお前、すげぇな」

「なにが？」

「だって……なんつーか、あんなにしゃべるヤツだったんだな。俺なんか人の親の前であんなにしゃべれないしさ……」

「楽しそうな家族だね」

「そうか？　ウゼェよ」

半分本気、もう半分は、西野に褒められてちょっとだけ嬉しかった。

「僕なんか、ほとんど家族で映画なんか見に行ったことないしさ」

「いいじゃん、一人のほうが」

「うん。でも、映画って、何人かで観たほうがいいんだよね。その後に感想とか言い合えるしさ、そしたらまた違った発見もあるだろうし」

「お前、発見が好きなんだな」

「何かの映画のセリフであったんだけど、人生って毎日が発見なんだって。僕だって今日、瞬君が映画好きってことを発見したし、瞬君だって僕が映画好きって発見したろ」

　西野の呼び方が、さっきから瞬君になっていることが何だかこそばゆい感じがした。

「それ、発見っていうの？」

「立派な発見だと思うよ。昨日まで知らなかったことなんだし」

「発見ねぇ……」

　なんだか分かるような分からないような……。でも、発見ってもっとすごいものを見つけることなんじゃねーの？　恐竜の化石とかさ。

　そんなことを思っていると、西野が言った。

「あ、そうだ。今度、ウチにおいでよ。映画のＤＶＤたくさんあるからオススメのやつ、貸すよ」

「おお、行くよ」

そう返事はしたけど、俺は何となく西野と二人だけでいる自分の姿があんまり想像できなかった。

7

「手をあげろ！」

翌日の月曜日、下足場で上履きに履き替えていると、うしろから声がした。

振り返ると、隆造がマシンガンを持って立っていた。

「うわ！」

思わずびびって顔をそむけると、隆造は笑ってその辺に乱射するマネをした。

「どうしたんだよ、それ！　ウージーじゃねーの!?」

ウージーは、外国のアクション映画によく出てくるマシンガンだ。

そのエアガンは俺も欲しくて欲しくてたまらなかったんだけど、値段も高いし、あぶないからって買ってもらえなかった。

「マジにランボーみてえだろう。昨日、小林が貸してくれたんだよ」

「え……昨日……」

ってことは、せっかく映画にさそったのに小林と遊んでたのか……。

口には出さなかったけど、俺はとっさにそう思った。そしてなぜか心臓が急にドキドキした。

そんな俺の様子に気づいたのか、隆造も言った。

「うん……。ワリィな、ホント言うと、お前にさそわれる前に小林からさそわれちゃったんだよ」

俺の心を見透かしたのか、隆造がそう言った。

「ほら、お前、小林のこと悪く言ってたからさ、言いにくかったんだよ。でもさ、しゃべってみないとどんなヤツかわかんねーだろ」

「そ、そうだけどさ……」

俺は何だかおもしろくなかった。

だってあいつがいいヤツのはずがない。でも、これも口には出さなかった。

「あいつ、ちょっとイキがったとこあるけどさ、転校してきたばっかで気合い入りすぎちゃったんだろ。俺たちとは友達になりたかったとかって素直に言ってくるからさ」

だったら最初から俺にもそう言えばいい。

「そんな顔すんなって。アイツの兄ちゃんがこういうのたくさん持っててさ、貸してくれたんだよ。今度、本格的なランボーごっこしようぜ！　あ、どうだったよ、昨日？　面白かったか？『フォースの覚醒』」

「すげぇ面白かったよ」

ちょっとばかり意地悪のつもりで言ったんだけど、隆造には通じてなかった。

「そっかぁ。行きたかったなあ。また今度さそってくれよ」

そう言うと隆造はウージーを振りかざしながら教室に入って行った。あの調子ならパンフレットを買ってくると言った俺の言葉なんか覚えてなさそうだ。

その日の昼休みはぜんぜん面白くなかった。

小林がエアガンを三つも持って来ていて、用具室の中ではみんな珍しがってそのエアガンに群がっていた。トカゲをマットでグルグル巻きにして乱射なんかしている。

ヤツのアニキがエアガンマニアで、家には他にもたくさんあるらしい。学校に持ってくるのはもちろんだけど、うちの学校ではエアガンで遊ぶことも禁止されている。何年か前に、エアガンで撃ちあいをしていた生徒の目に弾があたったからだ。一つ間違えば失明だったと先生が言っていたけど、小林は撃ちあいをするときに目を防御するゴーグルまで持ってきている。きっとそれもお兄ちゃんのものだろう。

さっさと先生にバレて取り上げられてしまえばいい。そう思ったけど、でも、俺がチクることはできない。バレたらサイテー人間の烙印《らくいん》を押されてしまう。

つまらなそうにしていると、ふと小林と目があった。

なぜか俺はヤツに少しだけ笑顔を向けてしまった。

「お前も撃てよ」

そう言ってくれることを期待したのかもしれない。でも、ヤツはプイッと目をそらしてしまった。

何だ、今の？

やっぱりムカつく。こいつがいいヤツのはずがない。

「帰りに梨畑で戦争ごっこしようぜ。ゴーグルつけて、厚着してりゃタマがあたっても痛くねーだろ！」

隆造がそう言うと、みんな盛り上がった。でも、俺はできない。今日は塾がある。

はしゃいでいる隆造を見るのがイヤで——正確には、俺を抜かしてはしゃいでいる隆造を見ているのがイヤで、俺は一人で用具室から出た。誰かが気づいてくれることに期待したけれど、誰も気づいてくれなかった。

フラフラと校庭を歩いていると、明たちのグループが野球のバックネットの裏から出てきた。西野もいっしょだった。

あいつ……明たちと仲がいいのか。

そういえば塾とか俺の両親の前ではよくしゃべるのに、学校ではほとんど話してないことに今さら気づいた。

「なんか最近変じゃない？」

それから一週間ほどたった日、塾の帰りの電車で西野がそう言ってきた。

「え、な、なんだよ、急に」

俺は少しびっくりしてそう答えた。

「なんか……ちょっと元気がないように見えるから」

へぇ、こいつも隆造みたいにするどいとこあんだな。

そう思ったけど、もちろん「元気がないように見える」理由を言うわけにはいかない。だって、あまりにもダセェことだから。

今、六年生男子の一部ではエアガンが空前のブームだ。

隆造たちは毎日のように学校帰りに「サバイバルゲーム」とかいって梨畑で撃ちあいをしているらしい。

俺はそれに一度も参加したことがない。隆造には何度か誘われたけど、なぜか塾のタイミングと重なってしまう。

それに……。どうも小林は俺を誘うのをイヤがっているように思える。いつも隆造が俺を誘おうとすると、「早く来いよ」なんて横から口を出す。

理由は何となく想像がつく。きっと小林は隆造と一番仲良しになりたいんだ。だから、隆造がいちいち俺を誘うのがムカつく。

俺が小林にムカついているように。

エアガンのおかげで小林はいつの間にか人気者みたいになってるけど、みんなあいつが最初に言ってたことは覚えてないのかよ。

そう思うと、他のやつらにも腹が立つ。だから「元気がない」んじゃなくてムカついてんだ。

まったく、明でも誰でもいいから小林をぶっ飛ばしてほしいよ。なんて思っていると、西野が俺の顔を見ていた。

「……なんだよ」

「今、僕の言ったこと聞いてた？」

「え？」

「ほら。やっぱり変だよ。なんか一人でブツブツ言ってるし」

「別に……。なんでもねーよ。なんだよ」

「今度の日曜日さ、塾の帰りにウチに来ない？」

「え？」

「あ、何か予定がある……？」

予定なんかない。でも、今の状態で西野と遊んでる自分ってのが何かミジメに思えた。他に誰も友達がいないみたいで。

「ねーよ、いくよ」

どうせ暇だし。って言葉はもちろん言わなかったけど。


初めて行った西野の家は、庭の広い大きくて立派な家だった。

この田舎町のなかでもちょっとは都会の、駅前から近い住宅街の中にある。

そう言えば、西野のお父さんは、となりの市にある大きな総合病院で医者をしているって聞いたことがある。

「誰もいないのか？」

長い廊下を歩きながら、俺は聞いた。

「うん。お母さんはゴルフに行ってるし」

「ゴルフ？」

「なんか毎週日曜になると行ってるんだけど、あんまり家にいないんだ。平日も社交ダンスやら何やらでいないし」

「へぇ……」

よく分からないけど、なんか金持ちの奥さんっぽい。

もっと驚いたのは、西野の部屋に入ったときだ。

壁一面に映画のポスターが貼ってあって、本棚にはぎっしりと映画のＤＶＤが並んでいる。そして俺んちよりも大きな薄型テレビとパソコンまである。

「これ、エロサイト見れんの!?」

パソコンを見て思わずそうきいてしまった俺に、西野はちょっとテレながら「買ってもらったときに、セキュリティかけられちゃってさ……」と言った。

やっぱりどこの家でもそうなのか……。でも、西野もそういうのに興味があるんだなと思うと、俺はなぜか少し嬉しかった。

「おっ！　これ知ってるぜ。『エイリアン』。俺、２が一番好きだな」

本棚に並んだたくさんのＤＶＤを見ながら俺は言った。

「あ、いいよね。２はジェームズ・キャメロンが監督なんだけど、この人の作品は全部面白いんだよ！」

監督の名前までは知らなかった。

「へぇ〜。お前、これ全部観てんの？」

「うん。一応ね。映画監督になるには、たくさん映画を観ることだってスピルバーグが言ってたから」

「はぁ!?　お前、映画監督になるの!?」

思わず大きな声を出してしまった。

「な、なれるか分からないけどね。一応自分で作ったりもしてるんだ」

「マジかよ!?」

俺はまた驚いてしまった。

西野はテレたように笑ってるけど、俺なんて将来なにになりたいか考えたこともない。プロ野球選手って夢は三年生のときにとっくに挫折しているし……。

「見せてくれよ！　お前が作ったやつ」

そう言うと、西野は「まだ途中なんだけどね」と言いながらも、嬉しそうにビデオカメラを出してくると、それをパソコンにつなげた。

画面には、ミニチュアの戦車とか兵隊が出てきて、その兵隊が戦車を爆破していた。

「立体アニメーションって言って、フィギュアを少しずつ動かして作ったんだ。爆破のとこは爆竹で。これだけでもひと月くらいかかったよ」

自分で撮影して、それをパソコンで編集しているらしい。

たった五分くらいの映像だったけど、俺はすっかり感激していた。

「こういうの、全部ひとりでやるの？」

「うん。他に一緒にやる友達もいないし……」

西野の声は少し小さくなったけど、俺は感激して大きな声で言った。

「スゲェよお前！　ぜったい映画監督になれるよ！」

「こ、こんなの誰でも作れるよ。カメラとパソコンがあれば」

そりゃ確かにそうかも知れないけどさぁ。

ウチにもビデオカメラはあるし、俺も遊びでいろんなものを撮影したことがある。それをテレビにつなげて見るのは楽しかったけど、すぐに飽きてしまった。それに西野みたいにパソコンで編集して一つの作品にしてみようなんて思いもしなかった。パソコンでそんなことができることも知らなかったし。

ひょっとしたらコイツ、すげぇヤツなのかも知れない……。

感心して西野の顔を見ていると「なにか映画観ようか」と西野が言った。

「あ、そうだな。じゃあ、お前のオススメのやつ」

「なにがいいかなぁ……。瞬君はアクションものが好きなんだよね」

そう言いながら西野は、楽しそうに映画を選びはじめた。


家に帰った俺はすっかりコーフンして西野のことをパパやママに話した。

西野が自分で映画を作っていること、将来は映画監督を目指していること、そして今日見せてもらった映画の面白さ（『ダイ・ハード』を観てなかった……）。

隆造以外の友達のことを家でこんなに話したことはないってくらい西野の話をした。

「やっぱり塾に行って良かったじゃない。今まで知らなかった友達のことを発見できて」

やっぱりママは塾に結びつけたけど……。そうか、これなら発見って感じがする。だって西野にこんなすごいとこがあるなんてきっと誰も知らないはずだ。

「ところで小林君の様子はどう？」

いきなりママが聞いてきた。

「え、なにが」

「あんた、仲良くしてる？」

「別に。普通だよ。なんで？」

「あの子ね、前の学校でイジメられてたんだって」

「はぁ!?」

思わず俺は、スットンキョウな声を出してしまった。

「転校するたびにイジメられてるみたいなの。あんた、ちゃんと仲良くしてあげなさいよ」

なんだよそれ？　でも、言われてみれば……。そう見えないこともない。いつまでもケンカはしないし、エアガンで隆造たちを釣ってるようにも見えてたんだ。

つーか、それこそ大発見だよ。

　何だか俺は、妙に気分が良かった。

　夏休みに入ると、俺と西野は急速に仲が良くなった。

　夏休みの間だけ平日は毎日ある塾も、苦痛じゃなかった。

　塾の行き帰りにはいつも映画の話で盛り上がって、帰りに二人で映画も観に行くようになった（ママは塾のあとに西野と勉強してると思ってるんだけど）。

　今日は二人で、「名画を観る会」に参加した。

　観たのは『スタンド・バイ・ミー』って映画なんだけど、ちょうど俺たちと同じ六年生の仲良し男子四人組が、死体探しの二日間だけの小さな冒険に出るって話だ。

　主人公の少年は、頭の良いヤツで、小学生のくせに小説なんか書いてる。でも、大親友と中学で離れるかもしれない。主人公は進学クラスに行くけど、大親友のほうは就職クラスに行く。中学で就職クラスってのがよく分からなかったけど、昔のアメリカの中学はそうだったのかも知れない。

　その映画を観て、俺は無性に隆造に会いたくなってしまった。

その大親友ってのが隆造みたいになんだかカッコイイやつで、主人公の少年の面倒を見てんだけど、それが俺と隆造の姿に重なったからかもしれない。

そう言えば、夏休みに入ってからまだ一度も隆造と会ってないもんな。

「いい映画だったな！」

映画が終わると、俺は西野に言った。

「うん、そうだね」

ふだんは映画が終わると、ペラペラといろんな感想をしゃべる西野だけど、今日はあんまり口をひらかない。

この映画を観て、こいつは誰か思い出すような友達がいるのかな？

俺は、こないだふと思ったことを西野に聞いてみた。

「お前ってさ、俺と二人だとよくしゃべるのに、学校ではあんまり話しかけてこないよな」

「そ、そうかな？」

「そうだろ」

「……だってさ、僕なんかに話しかけられると迷惑だろ。僕と友達だとか思われちやって……」

コイツ……。そんなこと思ってたのかよ。

「バーカ。なにイタいこと言ってんだよ。そんなの考えすぎだよ」

そう言ったけど、そう言えば西野しか友達がいないことをミジメだと感じたこともあったな……。

8

「瞬ー!!」

その声を聞くのはずいぶん久しぶりだった。

「あら、隆造、久しぶりぃ！　元気？　ちゃんと勉強してる？　今日はいっしょに行くの？」

ママが隆造にきいている。

ドタドタドタッ！

二階で西野の家に行く用意をしていた俺は、大慌てで下におりた。

今日は土曜日。夏休みの間、塾は土日が休みだ。その土日、俺は毎週のように西野の家に遊びに行っては映画を観たりしていた。もちろんママには勉強しに行くと言ってあったから、せっかく久しぶりにたずねて来てくれた隆造にママが余計なことを言うんじゃないかって心配になった。

「どいてどいて！　行こうぜ！」

俺はママをはねのけると、さっさと隆造を連れて外に出た。

「ちゃんと勉強してくんのよ！」

ママの声がきこえたけど、無視した。

「なんだよ。今日、塾か？」

「いや……違うけどさ。あ、お前はどうしたんだよ。小林たちと遊んでんじゃねーのかよ」

せっかく隆造が来てくれて嬉しかったのに、俺はちょっと意地悪でそう言ってしまった。

俺は、まだ小林の正体（前の学校でいじめられていたことね）を誰にもバラしていない。さすがにそれは何だかカッコ悪いような気もしたし、西野と遊ぶことにも夢中になってた。

「あいつ、おばあちゃんのとこ行ってんだよ。正太郎とか竹内もさ」

なんだよ……。結局俺はあいつらのかわりかよ。

一瞬、小林の正体をバラしてやろうかと思った。

「あ、でもだから来たんじゃないぜ。お前、平日は塾だろ。夏休みは土日だけが休みって言ってたからさ」

土日は何回もあっただろ……って言いたかったけど、俺だって西野と遊んでたから文句は言えない。

「でも、何か予定あんのか？」

「うん……」

俺は隆造と遊びたかったけど、きっと西野は俺が来ることを楽しみにしているに違いない。

こないだ『スタンド・バイ・ミー』をいっしょに観たときの西野の顔が浮かんだ。

それに……まだ隆造に対して意地悪な気持ちも少しだけあった。

隆造だって、俺をほっといて小林たちと遊んでる。塾もあるし、それはしょーがないって分かってるんだけど。

「……西野んちに行く約束してんだよ」

「西野?」

「ほら、塾でいっしょのやつ」

「勉強か?」

「違うけど……」

自分が友達の親からどう見られているかをよく分かってる隆造は、こういうとき、ぜったいに「俺も連れてってくれよ」とは言わない。それを分かってて、俺は「西野の家に行く」と言った。

俺は、自分が味わってる寂しさを、少しでも隆造に味わってもらいたかった。

「そうか……じゃ、しかたないな。また遊ぼうぜ」

きっとそう言うだろうと思った。

「あ、そうだ! お前も来いよ!」

俺はさも今、気づいたかのようにそう言った。

「……いいのかよ」

「大丈夫だよ。あいつんち、いつも親はいないから」

あー、ほんとこんな自分が嫌いだ。

でも……そう言えば、俺はほんとうにまだ西野の親を見たことがない。

隆造を見ると西野はちょっと驚いたような顔をしたけど、嬉しそうに「あがって、あがって！」と言った。

俺の予想通り、隆造は西野の家に驚いて、西野の部屋に驚いた。そして俺と同じようにパソコンを見ると、「これ、エロサイト見れるのか!?」って聞いた。

俺はママやパパに話したときと同じように、いかに西野がすげぇヤツなのかを隆造に説明した。

西野が死ぬほどたくさん映画を見ていること、映画監督を目指していること、そして自分で映画を作っていること。そんな西野を発見したのは俺だぜって自慢したい気持ちもあった。

西野はしきりにテレていたけれど、隆造は「お前、ぜったい映画監督になれるよ！」って俺と同じことを言った。

そんな隆造を見ていると、さっきの自分の意地悪を少し恥ずかしく思った。

「西野、こないだ俺に見せてくれた映画みようぜ。『ダイ・ハード』！」

俺はあのサイコーに面白い映画をどうしても隆造に見せたかった。

それから二時間、隆造は瞬きもしなかったんじゃないかってくらい、画面に釘付けになっていた。

「オモシレーだろ！」

自分が発見した映画でもないのに、俺は隆造に言った。

「すげぇおもしれーよ！　おい、俺たちもさ、映画作ろうぜ！　せっかくエアガンがあんなにたくさんあるんだからさ、戦争映画作れるんじゃねーか！」

隆造がコーフンして言った。

さすがだ。俺だってなんか作りたいなって思わなかったわけじゃないけど、どんな映画を作ればいいのか思い浮かばなかったし、それに西野と二人じゃどうしようもないって思ってた。でも、隆造がいれば百人力だ。

「作りたいね！」

西野の目も輝いている。

「じゃ、お前がストーリー作れよ！　『ランボー』みたいなやつ」

「僕でいいの？」

「あたりめぇじゃねーか！　お前、天才なんだから！」

隆造が言った。


西野はあっという間にストーリーを作った。

内容はこんな感じだ。

川北小では六年二組と三組が対立していて、先生たちをバックにつけている三組が優勢だ。三組は二組で一番きれいな女子を誘拐した。その女子を連れ戻すために、二組では七人の精鋭部隊が組まれて……。って話だ。

「どうかな？」

ちょっと恥ずかしそうに言いながら、塾に行く電車の中で、西野がストーリーのメモを見せてきた。

「ちょっと単純な感じもするけど、でもいいんじゃない？」

「単純明快なほうがいいと思って……。『ランボー』とかもそうでしょ。やっぱりメインは銃撃戦だから」

「でも、この女子の役って誰がやるんだよ」

「うん……。誰がいいと思う？」

巨乳の山岸や八重歯の門脇の顔が浮かんだけど……、西野と女子の話はしたことがなかったから何か言いづらい。

「お前は誰がいいんだよ？」

俺が聞くと、西野はちょっとうつむいて恥ずかしそうに、

「山岸さんとかは？」

って言った。

「お前、巨乳好きなのかよ」

ニヤニヤしながら俺が言うと、西野は珍しく真っ赤になって、

「べ、別にそうじゃないけど！　あ、ちょっと今のは誰にも言わないでよ！」

って言った。

「いいよ、いいよ。言わないよ。秘密の発見だよ。ま、みんなと相談しようぜ」

「そうだね。撮影場所とかも決めないといけないし。カット割りもしなきゃいけないしね」

「カット割り？」

「うん。一つのシーンを撮るだけでも、たくさんカットをとらなきゃいけないからね。映画ってたくさんのカットが積み重なってできてるものだから」

「そうか……。そいやお前が見せてくれたのも、五分くらいなのにひと月かかってんだよな。あんがい面倒臭いんだな、映画って」

「うん。でも、そこが面白いんだけどね！」

西野は嬉しそうに言った。


次の日曜日、おばあちゃんちから帰って来た小林や正太郎、竹内たち、他にも暇そうなやつらを隆造が梨畑に集めた。俺と西野もカメラを持って行った。総勢で十人以上はいる。

みんなの前で、隆造が映画を作ることを説明した。

撃ちあいをするものとばかり思っていたみんなは映画と言われても、ぜんぜんピンときてないようだ。

「ちょっと待てよ。何だよ映画って。そんなのきいてねーよ」

小林が言った。

「だから今言ったじゃねーか。お前のエアガンで戦争映画作るんだよ」

「か、勝手に決めんなよな」

「なんだよ、イヤなのか？」

「べ、別に、イヤってわけじゃないけどさ……」

小林は少し口ごもってしまった。

分かってる。小林は映画を作るのがイヤなんじゃない。ここに俺と西野、特に俺がいることがイヤなんだ。おまけに自分のいない間に勝手に話を決められて、面白くないんだと思う。俺と小林は互いに同じ気持ちだろうからヤツの心は手に取るように分かる。

「じゃ、いいじゃねーかよ。何か文句あんのかよ」

俺はそう言ってやった。もうこいつのことはぜんぜん怖くないし。

「うるせーよ、お前としゃべってねーよ」

小林はそう返してきたけど、反論になってない。

「おいおい、ケンカすんなよ。別にいいじゃねーか映画くらい」

「いいけどさ……。でも、エアガンこわすなよ」

たぶんそれが今の小林の精一杯の強がりなんだろう。ザマミロって感じだ。

「じゃ、西野が監督だからさ、どんな感じでやるのか説明してくれよ」

「うん……」

西野はカメラを片手に小さな声でストーリーをしゃべり始めた。

しっかり説明してくれよ。俺たち二人の立場がかかってんだからな。

俺は心の中で必死に西野を応援したけれど、やっぱりヤツにはこれだけの人数を束ねるのはつらかったみたいだ。

「先生とか出すのかよ」「女子って誰がやるんだよ」「そりゃ山岸だろ」「バーカ。エリカのほうがいいだろ」「どこで撮影すんだよ」「セリフはあんのかよ」なんて、小林を筆頭に次々と質問を浴びせられると、西野は黙り込んでしまった。

西野のカメラを取り上げて、勝手に撮影してるヤツもいる。

「うるせーよ！　お前ら監督の言うこと聞けよ！」

隆造が大きな声を出すと、ようやくみんな静かになったけど、これじゃまるで隆造が監督みたいだ。その隆造が西野に言った。

「じゃ、カントク、まずはどうすんだよ」

「う、うん……。それじゃ……せっかくエアガンもあるから銃撃戦から撮影しようかな……」

西野が自信のなさそうな声で言うと、「だから銃撃戦って、どうやればいいんだよ」って小林が意地悪そうに言った。

「あ、えーと……いつも通りにやってくれればいいよ。それを僕と瞬君で勝手にカメラ回すから」

は？　なんだよ、それ。それじゃ俺とお前は見学者みたいじゃねーか。それに俺だってウージーをぶっ放してみたいぞ。

「い、いいのかよ、それで」

よくないと思っていた俺は、西野にそう言ったけど、コイツはもうカメラの準備をしてやがる。

隆造たちは、いつもそうしてるのか、グーパーでチームを分けると、ジャンケンして勝ったものから好きなエアガンを選んでいった。もちろん人気はウージーだ。負けたヤツは文句を言いながら、小さなエアガンを手にしている。

ゴーグルをつけると、隆造たちはもう映画のことは忘れたかのように散らばって銃撃戦が始まった。

バババババババッ！

隆造がウージーを手に突進していく。

「イテッ！」

「このヤロッ！」

梨の木に隠れたりしながら、なかなか本格的な撃ちあいだ。

チェッ……。楽しそうだな。

半分スネて銃撃戦を見つめていると、西野が言った。

「じゃあさ、瞬君は隆造君たちのチームのほうをメインに撮影してよ。なるべくみんなをまんべんなく。あ、たまに表情のアップとかエアガンのアップもね。それと風景も。素材は多いほうがいいから」

こいつ、急にいきいきとしてやがる。何だよ、撮影ができりゃなんでもいいのかよ。俺は少し意地悪のつもりでもう一度きいた。

「いいけどさ、お前、ホントにこんなの撮りたいのかよ」

「え、なにが？」

西野はカメラを片手にもう駆け出していた。その目はランランと光っている。

チェッ、楽しくないのは俺だけかよ……。なんて思ったけど、カメラを回し始めると、俺もいつの間にか我を忘れていた。

「瞬君はほんと隆造君のことが好きなんだなぁ」

パソコンに取り込んだ、こないだの銃撃戦の映像を見ながら西野が言った。

「は？　な、なんでだよ」

いきなりそんなことを言われて、俺は少し驚いた。

「だって瞬君の撮影したものって、ほとんどが隆造君なんだもん」

言われてみれば……。

撮影しているときには気づかなかったけど、確かに俺の撮った映像はほとんどが隆造だった。

走る隆造、楽しそうに乱射している隆造、撃たれて大げさに死んだ演技をする隆造……。画面には何人もの隆造がいる。

「カメラを持たされるとさ、人は自分の好きなものをうつすんだよ」

何だかそう言われると妙に恥ずかしい。つーかなに赤くなってんだ、俺。これじゃまるでホモみたいだ。

「瞬君はさ、どうして隆造君と仲良くなったの？」

「え？」

そう聞かれると……。よく覚えてない。いつの間にかしゃべるようになって、いつの間にか仲良くなっていた。西野のときみたいに、これといったきっかけがあったわけじゃなかったような気がする。

「覚えてねーよ。それよりさ、もう撮影しなくていいのかよ」

恥ずかしくなった俺は、話をかえようと思ってそう言った。

結局、あの後は何も撮影していない。

隆造は撮影しようって言ったけど、

「だいたい撮影つっても、こいつら土日しか来れないじゃん。塾、休むんなら協力してもいいけどよ」

なんて小林が、俺と西野がそうできないのを分かってて言いやがった。

でも、俺は返す言葉がなかった。

確かにみんながいつも土日に集まるのは難しかったし、ちゃんと撮るとなると、やっぱり毎日やったほうがいいって西野も言った。

「まずはこの銃撃戦を編集して、予告編みたいなものを作ってみるよ」

「予告編？」

「そう。音楽とか字幕スーパーとかものっけてさ。『夏休み大公開』とかって。そういうのを見れば、ひょっとしたらみんなも最後まで作ってみたくなるかもしれないし。やっぱり形になったものを見ると嬉しいからね」

そう言いながら、西野は楽しそうにパソコンを叩いて映像を編集している。

さすがに西野の撮ったものはいろんな映像があった。エアガンのアップに、太陽とか、空を飛ぶ鳥とか。そんな映像をつなげていくと、何となく雰囲気が出てくるから不思議だ。まるで魔法を見ているみたいだと俺は思った。

「それにさ、たとえこれだけしかできなかったとしても、僕にとっては最高の思い出だよ」

「なんだそりゃ」

「僕、みんなでああして遊ぶってこと、したことがなかったから」

そんなイタいこと言うなよって思ったけど、確かにコイツはいつも一人だったしなぁ。

「あ、でもさ」

俺はふと、いつかの昼休みに西野が明たちといっしょに野球のバックネット裏から出てきたことを思い出した。

「お前、たまに明たちといない？」

そう言うと、パソコンを叩く西野の手が一瞬止まった。

「なんで？　まさかカツアゲとかされてんの？」

冗談でそうきくと、

「ハハハ。まさか」

と西野はパソコンから目をはなさずに、笑って言った。

9

二学期に入ると、西野には「カントク」ってあだ名がついた。隆造がつけたあだ名で、もちろん映画監督のカントクだ。

そしてカントクも体育館の用具室に出入りするようになった。

カントク……って何か俺はちょっとまだしっくり来ないから西野って呼んでるけど、西野は学校にビデオカメラを持ってきては、体育用具室で遊ぶ俺たちを撮影していた。

「ホントに毎日発見があって楽しいよ！　プロレスの技があんなに痛いなんて思いもしなかったし！」

隆造にプロレスの技をかけられるのも、西野は楽しいらしい。

俺も西野が楽しそうなことが嬉しかったけど……。ある日事件が起きた。

「ちょ、ちょっと来てよ！」

掃除の時間、俺が受け持ちの音楽室の掃除をしていると、トカゲが飛び込んできて言った。

「なんだよ」

「カ、カ、カントクがさ……。な、なんか明たちに……」

俺はとっさにイヤな予感がした。

「明たちになんだよ」

「い、い、いいから来てよ」

トカゲは俺の手をひいて走り出した。

トカゲの掃除場所は西野と同じ校庭にある水飲み場なんだけど、そこにさっき、明たちが来て西野を校舎裏に連れて行ってしまったらしい。それにただならぬ雰囲気を感じたトカゲが俺を呼びに来たってわけだ。

トカゲについて校舎裏に行くと、西野が明たちに囲まれていた。

俺とトカゲは、外トイレの陰にかくれて様子をうかがった。

「お前、最近みょうに隆造たちと仲がいいじゃねーか。ちょっと調子こいてんじゃねーの」

明が西野にそう言っている声が聞こえる。西野もうつむいて何か言ったようだけど声が小さくてよく聞こえない。

しばらくすると、西野はポケットから何か封筒のようなものを取り出して明に渡した。

明がその中から取り出したものは、千円札だった。

トカゲが驚いた顔で俺を見た。俺もトカゲの顔を見た。

一枚、二枚、三枚……。千円札を明が数えている。

「二枚足りねーじゃねーかよ！」

明の言葉に、西野はうつむいたままだ。

「カ、カ、カツアゲじゃねーの！」

「シッ！」

俺はとっさにトカゲの口をおさえた。そんなの見れば分かる。冗談のつもりで聞いたことが、冗談じゃなかったんだ。

「ど、どうする？」

小さな声でトカゲが言った。

うるせーな、考えてんだよ。つーか出て行って西野を助けりゃいいだけのことなのに。俺の足は動いてくれない。

「りゅ、隆造、呼びに行こうよ」

トカゲがまた小声で言った。

こいつは最初から俺なんかあてにしちゃいない。でも、きっと隆造なら今この場で助けに出るだろうなって俺も思う。

「うん……」

情けないけど、そう言うしかなかった。

そのとき、西野と話が終わった明たちがこっちに歩いてきた。

「隠れろ」

俺はとっさにトカゲをひっつかんで、外トイレと校舎の間のせまい隙間に隠れて明たちが行ってしまうのを待った。

ほのかにオシッコのにおいが漂う中で息をひそめていると、何だかもっと情けない気持ちになってきた。

「ね、ねぇ」

トカゲが俺のそでをひっぱった。

「……行っちゃったか？」

顔をあげると、向こうに西野が立っていた。

「瞬君……」

震えるような声で、西野が言った。

「……よぉ」

こんな状況なのに、俺はまるで何も見ていなかったかのようにそう言っていた。


「や、や、やっぱり……隆造に言ったほうがいいんじゃない？」

翌朝、俺が教室に入って行くと、トカゲが言ってきた。

西野はまだ来てないみたいだ。

明たちは相変わらず教室のうしろにたむろしている。

——見てた……よね。

昨日、西野は俺とトカゲにそう言った。

——え？　なにが？　今、かくれんぼしてたんだけど。

もし俺が一人だったら、そんなふうにトボけてこたえていたかもしれない。

でも、トカゲがバカ正直に、

「お、お前、カ、カツアゲされてんじゃねーか」

って。

西野は誰にも言わないでくれ、何も見なかったことにしてほしいって言った。

「それに今、僕はすごく学校が楽しいんだ。こんなことで大騒ぎしたくないから」

そんなふうに言う西野のことを、俺はまたもやイタいと思った。

「で、でも……き、きっと隆造に言えば助けてくれるよ」

トカゲがそう言うと、西野は少し黙ってから言った。

「たぶん……無理だと思う」

「な、なんでだよ！　お、お前、りゅ、隆造のことナメてんのか！」

珍しくトカゲが怒ったような声を出したことに、俺は少し驚いてしまったけど、
西野は黙ったままだった。

「なんで、隆造でも無理なんだよ」

俺もきいてみた。

「……政ちゃんの命令なんだよ」

「え!? ど、ど、どういう意味だよ」

その名前を聞いて、俺は思わずトカゲみたいな口調になってしまった。

「ほら、明君って、政ちゃんと仲良くしてるでしょ。守ってもらってるっていうか。明君、政ちゃんにお金を渡してんだ……」

「お金!?」

「そう。中学に行っても仲良くしてもらおうと思ってずっと渡してるんだよ。それで……そのお金を僕から巻き上げてんだ」

どうりで……。あんなに急に政ちゃんと仲が良くなるなんて、おかしいとは思ってたんだ。

「誰かに、相談したのか?」

俺がきくと、西野はうつむいてこたえた。

「……こんなこと、誰にも言えないよ」

だよな。もし俺が同じ状況だとしても誰にも言えないと思う。隆造に言うなんて恥ずかしくてもってのほかだし、親や先生に言えばお金を巻き上げられることはなくなるかもしれないけど、明たちがそれで終わらせるはずもない。もっとひどいイジメが待ち受けている気もするし、なにより最後には政ちゃんが出てくる可能性が大だ。

「でもさ！」

うつむいてしまった俺とトカゲを見て、西野が明るく言った。

「僕は中学受験するし、こんなことも卒業するまでだから！」

俺はやっぱり何も言えなかった。それどころか、そういえば自分も中学受験をさせられるんだよな……、なんて思ったくらいだ。

とにかく……。明たちだけならまだしも、相手が政ちゃんとなれば話は別だ。

本名、政田《まさだ》政雄《まさお》。ギャグみたいな名前だけど、中学一年生にして身長は百八十センチもあって、その上めちゃくちゃデブで口がくさい。

四年生のときに、カツアゲしてきた中学生をやっつけてしまった話は伝説になっている。どこまでが本当のことかは分からないけれど、その中学生が泣くまでブン殴ったって話だ。

去年、学校で飼っていたウサギがいなくなって大問題になったことがあるんだけど、政ちゃんとその子分たちが焼いて食ったってウワサもある。

「あいつが誰にも言わないでくれって言ってんだからさ、もうちょい様子見とけよ」

政ちゃんの姿を思い出して、俺はトカゲに言った。

「そ、そうかもしれないけど」

「なんだよ。政ちゃんが出てきたら、隆造だって勝てないかもしれないぞ」

……つーか、絶対に勝てないと思う。

そのとき、西野が教室に入ってきた。

「おはよう」

いつもと変わった様子もなく西野が言った。

「おう」

俺もいつもと変わらない調子でこたえた。

明たちが西野を呼ぶ。

俺は、そっちのほうを見ないようにした。

「とにかくさ、なんか考えるから……。まだ隆造にはだまってろよ」

トカゲはまだ何か言いたそうだったけど、だまってしまった。

その日、俺はいつものように西野と一緒に塾に行った。

電車の中でも、西野はまるで昨日のことはなかったかのように、いつもの西野だった。

普通に映画の話をして、撃ちあいの編集もだいぶすすんでいると嬉しそうに話した。俺も何事もなかったかのようにふるまったけど、何だか昨日のことに触れないことが不自然すぎて、塾につくころにはクタクタに疲れていた。

「な、なんか……ごめんね」

帰りの電車の中で、西野が小さな声で言った。

「……なんだよ？」

トボケてみたけど、西野はだまってしまった。

やっぱりこいつも気にしてるんだ。

「別に……お前が謝ることじゃないだろ。悪いのは明たちじゃねーか」

そう。悪いのは明たちだ。それはそうなんだけど……。

俺たちは、どちらからともなくうつむいてしまった。

「せっかく……仲良くなれたのにね……」

しばらくすると西野がポツリと言った。

「なんだよ……。これからも、いつも通り仲良くしようぜ」

笑って言ったけど、今すげぇカッコ悪いことを言ったんじゃないかと思った。

トカゲには何か考えるなんて言ったけど、結局俺は、いつも通りにしているしかないって思ってんだ。

「そう……だね」

西野も笑ってそう言ったけど、その声は今にも消えそうだった。

それからも、俺と西野は学校では今まで通りに付き合ったけど、俺は何だか息苦しかった。

変わったところを見せない西野を見ているのも何だか痛々しくてイヤだったし、そのことにぜんぜん触れない俺を、西野が本当はどう思ってんだろうかなんて思ってしまったりもする。

トカゲは相変わらず、「ど、ど、どうする？」ってきいてくるけど、俺は何も考えてなかった。

いつの間にか俺は学校でなるべく西野を見ないようにしていた。

西野にさそわれた映画も断った。

「その日は……ちょっと用事があるんだよ」

塾の帰りにそう断ると、

「そう……」

西野はとても寂しそうな声で言った。


「西野、最近ここに来ないな」

昼休み、隆造が用具室で言った。

「あ、ああ、なんか、塾の宿題してるらしいぜ」

「へぇ……。お前は大丈夫なのかよ」

「そんなもん、テキトーでいいんだよ」

そう言いながら、俺はトカゲに目配せした。「何も言うなよ」って。

あれからひと月ほどたつけど、俺とトカゲはまだ誰にも西野のことを話してない。そして隆造が言うように、最近西野はほとんど用具室に来なくなった。

一応トカゲが声はかけてみるんだけど、うつむいたまま塾の宿題をしなきゃいけないから、なんて言うらしい。

でも、そんなのウソに決まってる。アイツも俺に気を使ってるんだ。

ただ、こんなふうに分かりやすく気を使われると、よけいに……。

「あのさ、これからは、同じ電車でいかなくても……」

その日、塾に行く電車の中で、西野が言ってきた。

「……なんでだよ」

「だって……。なんか僕といると疲れさせちゃうかなって」

「別に……。そんなことねーよ」

自分から西野のことをさけ始めたくせに、俺はそう言った。

「でも、僕だって瞬君と同じ立場なら疲れると思うから……」

そんな西野に、俺は妙にイライラしてしまった。

「あのさぁ、どっちにしろ疲れるんだよ。どうしようもねーだろ」

言ってから、しまったと思った。

イヤな言い方だった。

けど、こうなっちゃったのは誰のせいなんだよ、って西野のせいじゃないんだけど。

まったくどうすりゃいいんだよ。俺が西野のかわりに先生に言えばいいのか？　そしたらきっと先生は明たちを呼び出す。お金を巻き上げられることはなくなるかもしれないけど、きっと明は西野に今まで以上にひどいことをするだろう。なら隆造にも相談して守ってやればいい。けど、そしたら政ちゃんが出てくることは分かりきってる……。

いつもそこまで考えて、考えるのをやめてしまう。

結局俺は、巻き込まれるのがイヤなんだ。そして、そんな自分のことがイヤだから、考えないようにしてるんだ。でも、西野と会うとどうしても考えてしまう。だからイライラして、こんなヤツ当りみたいな言い方をしたんだ。

西野はうつむいたまま、何も言わなくなってしまった。

はぁ……。気が付くと、俺はまた大きなため息をついてしまっていた。

翌日、西野は学校を休んだ。風邪をひいたらしい。

どこかでホッとしている自分がいた。

でも、次の日も、その次の日も、西野は学校を休んだ。塾にも来ていない。

「カ、カントク、ほ、ほんとに風邪かな？」

トカゲが心配そうに言ってきた。

「そういってんだからそうだろ」

そうこたえたけど、俺はウソだと思ってた。だって、あいつは休み出す前の日までぜんぜん普通だった。

ひょっとしたら、俺があんなことを言っちゃったからかもって思った。

あいつは今まで明たちからカツアゲされても、学校には来てた。きっと風邪なんかウソで、俺があんなことを言ったからに違いない。

でも、いくら何でもそんなの困る。

俺が何をしたって言うんだよ。あいつがカツアゲされてるのを知っただけだ。それを知られて、俺との関係がギクシャクしたからって登校拒否までするか？

そんなの、よけいに俺を苦しめるだけだ。

「あ、あのさ……今日、カントクんちに行ってみない？」

「なんでだよ」

「も、もしかしたら、……な、なにか困ってんじゃないのかな」

「でも、あいつが誰にも言うなって言ったんだぜ。俺たちに何ができるって言うんだよ」

西野に対して何もしようとしない自分のことはすっかり棚にあげて、俺はそう言った。

「そ、そうだけどさ……」

トカゲはモゴモゴとしている。

「お前、なんでそんなに西野のことが心配なの？」

俺は、思わずそうきいてしまった。

「だ、だって……。カ、カントクは……仲間だろ」

仲間。

まさかこいつの口からそんな言葉が出てくるとは思わなかった。

「ご、ごめんね！　なんか二人には心配かけちゃって！」

たずねて行った俺とトカゲに、西野は妙に明るく言った。やっぱり風邪なんかぜんぜんひいてなさそうだ。

「別にいいけどさ、お前、風邪なんかひいてないじゃん」

そう言う俺の声は何だか意地悪な感じで、西野はわざとらしく咳をした。

そんな西野を見ていると、俺は何だかまたイラついてしまった。

「いいよ、そんなわざとらしい咳しなくても。お前、俺やトカゲと会いづらいとか思ってんだろ。それで休んでんだろ。だって明たちにカツアゲされても平気で学校に来てたじゃねーか」

俺の問い詰めるような口調に、西野はすっかり小さくなっている。

「違うよ。ホントに、そんなつもりで休んでたんじゃなくて」

「じゃあ、なんで学校来ないんだよ。お前、塾も来ねーじゃん」

「それは」

西野はだまってしまった。

「あ、あのさ、そんな怒ったようにきくと……カ、カントクも何も言えなくなっちゃうから……」

トカゲがおどおどと俺に言った。

「な、なんか困ってることあるんじゃないかって思ってさ……。も、もしそうなら……」

どうすんだよって思ったけど、言わなかった。

「休んでたのはね……」

うつむきながら西野が説明してくれた理由は、俺の思っていたこととはぜんぜん違った。西野はやっぱり困っていた。

西野は明たちに渡すお金を親の財布から盗んでいた。でも、それがお母さんにバレてしまったらしい。

パソコンの器機を買うために盗んだって言ったらしいけど、結局明たちに払うお金がなくて、風邪をひいたってことにして休んでいたのだ。

「だからさ……ぜんぜん瞬君たちがどうのってわけじゃなくて」

そうかも知れないけど。

「でも、どうすんだよ」

俺は西野にきいた。

「このままずっと学校に来ないって訳には行かないだろ」

俺がそう言うと、西野はまただまってしまった。

「あ、あのさ」

トカゲが口をひらいた。

「も、もう、先生に言うしか……な、ないんじゃないかな……」

そうだよな。それしかないと俺も思う。その先のことはどうなるか分からないけど、こうなっちゃったからには……。それに、西野が自分で言えば、俺たちはカンケーないし……。

そう思っていると、西野が言った。

「……大丈夫だよ」

「え？」

「僕さ、転校するんだ」

「はぁ!?」

俺とトカゲは思わず大きな声を出してしまった。

「あ、でも今回のことが原因じゃないよ！　ウチさ、離婚するんだよね。うん。それで僕はお母さんの実家に行くから……」

ちょっと待てよ。なんだよそれ。転校？　離婚？　いきなり言われてもよくわかんねーよ。

「転校って、いつ転校すんだよ!?」

「来週には、もう引っ越すんだ。先生にも話してあるし」

「来週って……」

「ごめんね。言い出しづらくて。ちょっと急になっちゃったけど、離婚の話は前々から出ててさ。もう決まってたんだよね。だからホントに、今回のことが原因じゃないんだ。偶然タイミングが重なっちゃって……。でも逆に言えばさ、ちょ、丁度いいかなって。明君にもお金は払えないし。エヘへ。だからさ、もう瞬君たちもホントに明君たちのことは気にしなくていいから！」

西野は一気にそう言った。

そりゃそうかもしれないけど。

でも、こんな終わり方ってあるか？

「せっかくみんなとは友達になれたから、お父さんとここに残りたい気持ちもあったんだけど……。うん、こればっかりは一人じゃ決められないしね」

自分に言い聞かせるように言う西野に、俺もトカゲも何も言えなかった。

翌日、内田先生はそう言うと話し出した。

「出席をとる前に話がある」

「最近、西野が学校を休んでいたのはみんな気づいていたと思うけど、西野は家庭の事情で転校することになった」

クラス中がざわめいた。

チラッと明のほうを見ると、明も驚いたような顔をしている。

「今回は急な話でみんなには挨拶できないんだけど、落ち着いたら手紙を書いてやろう。さみしくなるけど、それぞれに事情もあるし、これはしかたのないことだから」

そう言うと、内田先生はいつものように出席を取り始めた。離婚のことは言わなかった。

これで……終わりなんだろうか？　ホントにこれでいいんだろうか？

そりゃ確かに西野は親の離婚が原因で転校するのかも知れないけど……。どうしてもモヤモヤする。

「あ、あの」

そのとき、トカゲがオドオドと手をあげた。

「なんだ、吉田」

「に、西野君は……て、転校なんかしたくありません……」

みんなが一斉にトカゲに注目した。

もちろん俺も驚いてトカゲを見た。

内田先生はしばらくだまってトカゲを見つめていたけれど、小さなため息をつくと口を開いた。

「そうか。うん。そうかもしれないな。西野は転校したくないかもしれない。でも、それぞれに家庭の事情ってものもある」

「あ、か、家庭の事情もあるかも知れないですけど……に、西野君は、す、すごく困ってました……」

明が睨みつけるような目つきでトカゲのことを見ている。

「何を困ってたんだ?」

内田先生が聞く。

トカゲが何を言い出すのかと俺はハラハラしていた。まさかこの場で西野がいじめられていたことを言う気じゃないだろうな。そんなことをすればどうなるかいくらトカゲがバカでも想像はつくだろう。なんて思っていると、

「に、西野君は……イ、イジメにあってました」

言いやがった。

そして教室は水を打ったように静まり返った。

トカゲの爆弾発言で、一時間目はそのまま自習になった。

そのトカゲは、今、内田先生と職員室で話している。

明たちは、教室のすみにかたまってコソコソと話していた。他のみんなも、西野の話をしているみたいだ。

俺は自分の席に座ったまま誰ともしゃべらなかった。

トカゲは、どうするつもりだろう……。

明たちのことをチクるつもりだろうか？

でも、今さらチクッてどうする？　だって西野は親の離婚が原因で転校するんだ。それに、チクッたら明がだまってるわけない。きっとトカゲに復讐するはずだ。

二時間目の授業が始まる前に、トカゲと内田先生は教室にもどってきた。

先生は何事もなく授業を始めたけど、何だか怒っているようにも見える。

トカゲは、ずっとうつむいていた。

授業が終わると、俺はすぐにトカゲをトイレに連れ込んだ。

トカゲは、あの日に見たことをすべて先生に話していた。でも、俺の名前は出してなかった。

ここまできても、俺はそのことにホッとしていた。

「でも、今さらチクッてどうすんだよ。あいつは親の離婚で転校すんだぞ」

「そ、そうかもしれないけど……。で、でも、カ、カントク、ほんとは転校したくないんじゃないかな。あ、明たちのことがなかったらさ、の、残るんじゃないかなって……」

そりゃ俺だって少しはそう思ったけど。

「でも……明たちが先生に呼び出されたら、チクッたのはお前ってバレバレだぞ」

「わ、分かってるけど……。で、でも、カントクは……俺たちの仲間だろ」

仲間。

トカゲが昨日と同じことを言った。

昼休み。いつものように用具室でプロレスをしている隆造たちを見ながら俺はぼんやりと考えていた。

仲間って何だろって。

俺は、こいつらとほんとの仲間になりたくて、何か一つだけでもいいから共通点がほしいなんて思ってた。

でも、トカゲと西野なんてまるっきり正反対の環境なのに、トカゲは西野を仲間って言った。

トカゲは、いつの間にこんなことができるようなヤツになったんだろう。

みんな、トカゲと同じような行動がとれたんだろうか。

隆造なら分かるけど、竹内や正太郎もそうできたんだろうか。

でも、できなかったとしても、俺は仲間じゃないなんて思わない。思わないけど、ホントの仲間とも思わないかもしれない。

やっぱり俺だけ……ホントの仲間じゃないのかな?

このことを知ったら、こいつらはどう思うだろう。

隆造に4の字固めをかけられて、悲鳴をあげている正太郎を見ながらそんなことを考えていると、トカゲが声をかけてきた。

「あ、あのさ、今日もカントクんちに行こうよ。そ、それでさ、あいつに転校なんかしなくてもいいって言ってやろうよ」

「そうだな……」

小さな声で、俺は返事をした。

「エッ!?」

内田先生にチクッたという話を聞くと、西野は驚いて声をあげた。

「明たち、今ごろは先生に呼び出されてんじゃないかな」

何もしてないくせに、俺が言った。

西野はまだ驚いたような顔をしている。

「で、でも、心配ないから。もしそれでもっとイジメられたら……お、俺たちが何とかしてやるよ！　隆造にも言うよ！　だ、だってさ……お、俺ら……仲間だろ」

トカゲがそう言うと、西野はもっと驚いたような顔して、いきなりワーッと泣き出した。

そして何度も「ごめんね、ごめんね」と繰り返した。

俺とトカゲは、そんな西野をボウ然と見ていたけど、しばらくすると西野のお母さんが帰って来た。

西野のお母さんを見るのは初めてだった。

「どうしたの！　何かあったの！」

お母さんは、泣いている西野を見て驚いて言った。

「なんなの、あなたたちは！　この子に何かしたの！」

そして怖い顔で俺とトカゲをにらみつけた。こんにちはを言う暇もない。

「何でもないよ。二人とも友達。転校の話をしてたら、ちょっと悲しくなっちゃって。もう大丈夫だから。二人とも、もう帰るとこだし」

西野がそう言うと、西野のお母さんは、俺とトカゲをチラッと見て部屋から出て行ってしまった。何だか普通のお母さんとはぜんぜん違う雰囲気だ。怒っているような悲しんでいるような顔に見えた。

「じゃあね」

西野が泣き笑いのような顔をして言った。

これ以上、泣いているとこを見られたくないのかもしれないと思った俺は、トカゲといっしょに西野の家を出た。

帰り道、俺もトカゲもほとんど口をきかなかった。

西野が何に対して謝っていたのか分からなかったけど、もっと早くこうしていれば、ひょっとしたら西野は転校しなかったかもしれないなって思った。

次の日。朝、学校に行くと、明たちのことが話題になっていた。

いつもうわさ話をしている女子の畑山《はたけやま》によると、明たちは昨日の放課後、内田先生に呼び出されて、西野をイジメていたことを白状してしまったらしい。そしてビンタをはられたあげく、西野の家に謝りに行かされたようだ。

その明たちは、何だかふて腐れたような顔をして、教室のうしろにかたまって、ときおりトカゲの背中をにらみつけている。

トカゲはうつむいて自分の席に座っている。

俺がトカゲに声をかけてやるべきなのに……。

できなかった。

「じゃあ西野、転校するのやめるのかな」

「それはないみたい。西野君ちさ、離婚するらしいよ。一時間目が学級会になるみたいだから、先生が何か言うんじゃない？」

畑山たちとそんな話をしていると、内田先生が入ってきた。

「残念なことに、このクラスにはイジメがあったようだ」

学級会が始まると、内田先生が話し出した。

「イジメにあっていたのは西野だ。恥ずかしいことに、先生はそのことにまったく気がつかなかった。ひょっとしたら、西野が転校するのはそのことも原因の一つだったのかもしれない。西野をイジメていた人間は、そのことをよく考えてほしい。そして他のみんなも、決して無関係じゃない。お前らはイジメのあったクラスの生徒だった。そして先生はイジメのあったクラスの先生だった。なぜ気づけなかったのか、そのことをよく考えてみてほしい」

俺が責められてるような気がした。

だって、俺は知ってたんだから。

知ってて何もしなかったんだから。

そして今でも、知らない振りをしている。

「西野、転校しちゃうんだってな」

昼休み、用具室で隆造が言ってきた。

「あ、ああ」

なんてこたえていいのか分からない。

隆造がどこまで知ってるのか、気になる。

正太郎も竹内も小林も、みんなだまっている。

転校することを知ってるなら、きっと西野がイジメられてたことも知ってるはずだ。

でも、そんな話はすぐに他のクラスにも知れてしまうことだ。

西野がそんな目にあってたことを、俺やトカゲが知ってたってことは知ってるのかな。

そして、トカゲだけが西野を助けようとしたことも。

「お、俺……言っちゃおうかな」

そのとき小林が言った。

「バカッ！　やめろ！」

隆造が怒ったように言う。

「だ、だってさ、こいつ、西野のこと見殺しにしたんだろ」

え……。

俺はとっさにトカゲを見た。

トカゲはうつむいている。

まさかこいつ、話したのか。

自分は西野を守ったのに、瞬のヤツは見殺しにしたって言ったのか？

「やめろって、お前！」

隆造がまた言った。

知ってる。隆造も知ってるんだ。

「でも、ゆるせねーよ。仲間を見殺しにしといてさ、よく平気でいるよな。隆造はとっくに気づいてたんだぞ。西野の様子が変だって。それでトカゲにきいたらさ、話してくれたんだよ。でも、お前がなにか考えるっつーから、隆造は瞬に任せとけって言ったんだよ！」

小林は一気にそう言った。

みんな、うつむいている。

みんな、知ってたんだ。

「なのに、お前、何にもしなかったじゃねーか！　だまって見てただけじゃねーか！」

小林がまた言った。

ウルセー！　お前なら何かしたのかよ！　お前なんかただの金魚のフンだろ！

イジメられっ子だったんだろ！

そう言いたかったけど、言えない。

だって俺が西野を見殺しにしたことは本当だから。

「ご、ごめん。お、俺、ど、どうしていいのか分からなくてさ……しゅ、瞬は、何か考えてくれてたのかも知れないけど……」

トカゲがうつむいて言った。

「もういいよ。しょーがねーだろ」

隆造が言う。

「俺がムリにトカゲから聞いたんだ。でも、バックに政ちゃんがいたんだろ？　俺だって相談されたら困ったかもしんねーし……。自分を責めることなんてねーよ。みんな分かってるから。誰もお前が悪いなんて思ってねーよ」

そう言うと、隆造は俺の肩に手をかけようとした。

バシッ！

その瞬間、俺は隆造の手を払いのけた。

隆造が、驚いた顔をして俺を見た。

正太郎も竹内もトカゲも、小林までもが同じ顔をしている。

「バ、バカにしてんだろ。お前らみんな、俺のことバカにしてんだろ……」

声が震えてる。

「だからそんなこと思ってねーよ！」

隆造がちょっと怒ったように言った。

「どうせ笑ってたんだろ！　俺が何もしねーのを見て笑ってたんだろ！　仲間のこと見殺しにするヤツだってずっと俺のことバカにしてたんだろ！」

そう言うと、俺は走って用具室から出て行った。

「待てよ！」

隆造の呼ぶ声が聞こえたけど、振り返らなかった。

知ってたんだ。みんな知ってたんだ。

走りながら、もう何もかもがおしまいのような気がした。

散々、西野やトカゲや小林のことをイタいなんて思ったけど、イタすぎるのは俺だった。

次の日、俺は学校を休んだ。

でも、ズル休みじゃない。ホントに熱が出た。

いろんなことを考えた。どうしてこうなっちゃったんだろう。どうして最初から隆造に相談しなかったんだろう。どうして俺は、トカゲみたいにできなかったんだろう。

どうして、どうして、どうして……。

でも、何を考えても、自分を責めるだけだ。

結局俺に、勇気がなかったからだ。弱虫だったからだ。つくづく俺は、自分がイヤになった。嫌いになった。

俺は仲間を……。

でも、もう遅い、遅すぎる。

俺も転校してしまいたい。

熱でボーッとする頭で、そんなことを考えてた。

翌日には熱も下がったけど、俺は学校に行きたくなかったから、ズルしてもう一日休んだ。

ママは乳ガンの定期検診で病院に行ってるからいないし、ワコもまだ学校から帰って来てないから、家には俺一人だった。

ベッドの中にいるとダラダラと眠りに落ちることができたけど、目が覚めれば考えることはいっしょだった。

出てくるのはため息ばかりだ。

何度目かの浅い眠りから目覚めると、おなかがものすごくすいていた。

下におりていくと、ママがいつの間にか帰っていた。泣いていた。ワコももう学校から帰っていて、グジュグジュと涙目で鼻をすすっている。

珍しくパパもいて、パパは何だかムッツリとして難しい顔をしている。いつもママとケンカするときの不機嫌な感じと少し違う雰囲気だ。

「どうしたの……」

みんなの様子にびっくりした俺がきくと、ママが言った。

「ママね、死ぬかもしれない」

「は!?」

驚いたけど、でもすぐに「またか」って思った。

だって前にガンになったときも、ママはいつもそう言っていたからだ。今度は何だってんだよ。俺だって、いろいろあってそれどころじゃないんだ……。

「子供にそういう言い方はやめろ」

パパが不機嫌そうな声で言った。

「だってそうでしょ。ちゃんと言わなきゃ」

ママも怒ったような声で言う。

「ママね、ガンが治ってなかったの」

「え……どういうこと？」

「転移してたの。他の場所に、ガンが移ってたの」

「だって……オッパイとったじゃん」

「せっかくとったのに、何の意味もなかったの」

そう言うと、ママはシクシクと泣き出した。

「ママ、今はちょっと冷静じゃないから、隣の部屋に行ってろ。パパとママ二人で話すから。大丈夫だから」

パパがそう言って、俺とワコは隣の部屋に行かされた。

違う。二年前にガンになったときと、ママの様子が何か違う。

あのときもママは落ち込んでいたけど、こんなふうに俺たちの前で泣いたりしなかった。

——大丈夫。絶対に治してみせるから。

病院に行くまでは死ぬ、死ぬって言ってたけど、ホントにガンだってわかったらそう言っていた。

今回はホントに……ママは死んじゃうのだろうか？

ぜんぜん想像できない。だってこんなに元気ピンピンなのに。

いつの間にか、俺の目にも涙がにじんできた。

ワコがビービー泣いている。

うるせーよ。ただでさえ俺だって今、泣きたい気分なのに。

「子供の前でああいう言い方はやめろ」

パパの怒ったような声が聞こえる。

「だってそうでしょ。隠してどうすんのよ。一年から二年が一番危ないって言われてたじゃない。なのに大事にされてなかったもん」

ママがそう言って泣いている。

「こんな田舎まで来て、ずっと我慢してたわよ。でも、あなたは仕事、仕事で子供のこともぜんぶ私に押し付けて……退院してきたその日から夕飯も作って……。普通の主婦してたわよ。入院する前から私、大事にされてなかったもん」

またパパを責めている。

何でパパを責めるんだよ。違うだろ。パパを責めてどうすんだよ。

そりゃママだって病気になってかわいそうだけど、パパは死ぬほどママのことを心配してた。ママの手術が終わったとき、目にうっすらと涙も浮かべてた。そのときパパの涙を初めて見て、それ以来見てない。

結局ママは弱虫なんだ。弱虫だから、いつもパパのせいにして。いつも俺たちまで巻き込んで心配させる。大人のくせにわざと子供に心配かける。

弱虫……弱虫。ママは弱虫だ。

ワコが泣く。ママも泣きながらパパを責める。

うるさい……うるさい。ママのそんな弱虫なとこは見たくない……。

だってそれは、自分の弱虫なとこを見ているみたいだから。

「うるさい！」

気がつくと、俺は泣いているワコを怒鳴りつけていた。

ワコは一瞬キョトンとした顔をして、もっと大声で泣き出した。

「うるさい！　うるさい！　うるさい！」

俺も泣き出して、ワコの頭をポカポカと叩いた。

妹にヤツ当たりしてる……。やっぱり弱虫だ。俺は弱虫だ。そうだ。俺は弱虫だ。きっと俺が弱虫なのはママのせいだ。ママに似たんだ。悪いのはママだ。

そう思うと、よけいにワコを叩く手が止まらなくなる。

パパとママが、びっくりして隣の部屋から飛び込んできた。

「なにしてんだ！　やめろ！」

パパが俺を羽交い諦めにして言った。

「だって死ぬんだろ！　どうせ死ぬんだろ！　勝手に死ねばいいじゃんか！」

パチーン!!

ママのビンタがとんできた。

「この弱虫！　妹にヤツ当たりしてどうすんのよ！」

「じ、自分だって……。自分だって弱虫だろ！　パパのせいにしてどうすんだよ！　だ、だから、だから病気になるんだよ！　自分が弱いからだろ！」

自分でもメチャクチャなことを言ってると思いながら、俺はまた二階に駆け上がった。

病気のことだけじゃない。

ママはいろんなことをパパのせいにしてる。

だって、何かの理由でパパとケンカになるとママは決まってこう言う。

「自分はこんな田舎にお嫁にきて、いろんなことを我慢してすごした。でも、あなたは仕事ばかりだった。私がひとりぼっちで不安でも私を守ってくれなかった」

そんなとき、パパはいつもだまってしまうけど、俺はそのときのママが一番嫌いだ。だって何だかパパとママが結婚したことは間違いだったたって聞こえるから。自分の人生が間違いだったたって言ってるように聞こえるから。きっと、ママも今の自分が好きじゃないんだ。それをパパのせいにしてるんだ。

俺は、やっぱりママに似たんだ。

俺も今の自分が嫌いだ。弱虫のくせに、自分に勇気がないことを見つめるのがイヤで、ずっと見ない振りしてきて、こうなってしまった。それをママのせいにしようとしている。

翌日の土曜日、ママは入院した。

学校も休みだから、俺とワコもついて行った。昨日のことが気まずくて、俺はママと口をきかなかったけど、病院につくと、ママからしゃべりだした。

「あんたたちが勉強とピアノ、しっかりやればすぐに退院するからね」

昨日のことがウソのようにママは元気な声で言った。

俺とワコがうつむいていると、

「そんな顔してると、これ見せるよ」

ってママがまた手術の跡を見せようとして、パパが慌てて止めた。

ママと離れるのがイヤでシクシクと泣き出してしまったワコは、その日だけ特別に病院に泊めてもらえることになって、俺とパパだけで帰った。

帰りにラーメン屋に寄って夕飯を食べた。パパと二人きりでご飯を食べるのは初めてな気がして、俺は何だか少しだけ緊張してしまった。

「あんまりママに心配かけるなよ」

二人とも黙ってラーメンを食べていたけど、パパがふとそんなことを言った。

昨日のことを言ってるんだと思うけど、素直に「うん」とは言えない。

「でも……。ママだって、あんな心配させること言わなくてもいいのに。絶対にわざと僕やワコのこと心配させようとしてるよ」

「不安でしょうがないんだ。パパだってガンなんかになったらどうなるか分からない。それも二度目だろ。ママは強いほうだと思うぞ」

「でも、病気になってもママのせいにしたりしないでしょ」

「ママのせいにはしないけどな、でも、ママがパパのせいにしたくなるのは分かる。ママの言うように、パパは仕事が忙しくて、ママのことをほっとき過ぎた。ママはさみしかったんだよ」

「でも、ママのあんな姿、あんまり見たくないよ」

自分を見てるみたいだから。とは言わなかった。

「そうだな。だから、これからはパパももっと努力しなきゃな」

そう言うとパパは、

「のびるから早く食べちゃえ」

と言ってラーメンをすり出した。

パパも自分のことが嫌いになったりすることがあるのかな？

ふとそんなことを思った。

そう言えば、俺はパパのことをあんまり知らないような気がする。パパはママみたいにベラベラとしゃべらないし、仕事が忙しいから一緒に住んでるのに顔を合わせるのは朝の少しの時間とたまの夕飯のときくらいだ。

パパが何を考えながら生きているのかぜんぜん知らない。そんなこと考えたこともなかったし。

「パパはどうして僕を塾に行かせなくてもいいと思ったの？」

俺はパパにそんな質問をしてみた。

「なんでかな。別にたいした理由はないかもな。お前が塾に入ったら入ったでまたママがキーキーなると思ったからかな」

もうラーメンを食べてしまったパパはスープも飲み干してそう言った。

本当にたいした理由じゃないんだなと思った俺は、何だか少しおかしくなってクスッと笑った。小さな笑いだったけど久しぶりに笑ったような気がする。

でも今の俺のことを知ったら、パパはどう思うかなって考えると、またすぐに憂鬱な気持ちになってしまった。

10

初めて塾に行ったときよりも、もっと重い足取りで学校に行った。

ひょっとしたら、休んでいるあいだに一度くらいは隆造たちが来てくれるかもしれないって思ってた。でも来てくれなかった。

こないだはああ言ってくれたけど、やっぱり俺のことをバカにしているに違いない。仲間を見捨てるヤツだ。情けないヤツだって思ってるに違いない。

だって今までなら俺が休むと必ず家に寄ってくれていたのに。

はぁ……。

気がつけば、最近はこればっかりの大きなため息がまた出てた。

「よぉ」

下足場で上履きに履き替えていると、誰かが声をかけてきた。

顔を上げると、そこには明が立っていた。

「どうしたんだよ、一週間も休んで」

「べ、別に……。風邪ひいてたんだよ」

「そっか。大丈夫か？」

「へ？」

俺は驚いてしまった。だって今までこんなこと、コイツから言われたことないし。でも、次の言葉に俺はもっと驚いた。

「お前さ、隆造のグループから抜けたんだろ」

「え……」

なんだよそれ？　どうしてこいつはこんなことを言うんだよ？

「こいつからきいたんだよ」

明がそう言うと、下足場の陰から小林が顔を出した。

「こ、小林？」

「よう……」

そう言うと、小林は恥ずかしそうに上目づかいで俺のことを見た。

「こいつ、いいヤツだな。ソッコーで俺たちの仲間になったよ」

「仲間って……？」

どういうことだ？

「ちょっといいか？　そこまで」

俺がだまっていると、

「大丈夫だよ。悪い話じゃねーから」

と明が言った。いつの間にか、明の取り巻きのヤツらも集まっている。

何だかイヤな予感がするけど、ついて行くしかなさそうだ。


「俺たちさ、ちょっと困ってんだよ」

下足場の近くのトイレで、明が話し出した。

「なんだよ」

「西野から巻き上げてた金のことだよ。それ、どうしてたか知ってんだろ」

まさかこいつら……。

西野が転校しちゃったから俺から巻き上げようとしてんのか。

「西野、転校しちゃっただろ。ホントならトカゲのことフクロにして、あいつに金持ってこさせるんだけどさ、あいつんち、チョービンボーだろ。だからさ、協力してほしいんだよ」

「協力……？」

「おお。とりあえずさ、お前らのグループで二万集めてほしいんだよ」

二万って、こいつらいったいいくら政ちゃんに渡してたんだ。

それにそんなお金、隆造が払うわけがない。

そんな俺の気持ちを見すかすかのように明が言った。

「隆造のことなら心配ねーぞ。あいつ、しばらく学校に来ないみてえだから」

「え……」

隆造がしばらく学校に来ないって、どういうことだ。

「ま、理由はトカゲや正太郎から聞けよ。だからさ、隆造のいねえうちにお前から話つけてほしいんだよ」

言えるわけないって思いながらも、俺はうつむいたままだまっていた。

「もう正太郎たちには声はかけてあんだよ。わざわざ俺が出向いてさ。チクられたからって、むやみにお前らとケンカしてもしょうがないしさ。でも、トカゲの野郎は何だか反抗的だしよ。だからお前がまとめてほしいんだよ。一応お前はあそこのナンバーツーだろ。お前が払うっていやみんな払うんじゃねーか。それにさ、お前、だまっててくれたんだろ」

「え……」

「知ってたんだろ。俺たちが西野から金巻き上げてたの。でも、だまっててくれたんだろ。だから少しは話の分かるやつかなって思ってさ。うまくやってくれたらよ、お前も政ちゃんの仲間に入れるように話つけてやるから」

きっと小林がそう話したに違いない。俺なら払うって。

「返事はすぐじゃなくてもいいけどさ、来週政ちゃんに金渡さなきゃいけないからなるべく早く頼むよ。そんとき金渡せなかったら、俺たちシメられちゃうからさ。もちろん俺たちだけじゃすまないだろうけどな」

そう言うと、明たちは小林を連れてトイレから出て行った。

情けない。

どこまで俺は見下されてるんだ。

でも、何も言い返せない。

そうなってしまったのは、俺のせいだし、明にも俺は少なからずビビッてしまっている。

でも、それより気になるのは隆造のことだった。

昼休み、俺はトカゲや正太郎たちから隆造の事情を聞いた。

顔を合わせづらいと思っていた俺に、やつらのほうから声をかけてきてくれた。

それほど俺が休んでいた間に事態は重大なことになっていたんだ。

正太郎の話によると、隆造も俺と同じ日から学校を休んでいるという。

「隆造の近所に住んでるヤツから聞いた話なんだけど」

正太郎が二組でウワサになっていることを教えてくれた。

隆造が休むことになる前日の夜、酔った隆造のお父さんが大暴れして隆造を殴ったって。

その日、隆造の家には出て行ったお母さんが訪ねて来ていたらしいんだけど、そのお母さんがパトカーと救急車まで呼んで、近所が大騒ぎになったようなのだ。殴られた隆造はケガをして入院した。

「でも、どこの病院か分かんないんだよ。事情が事情だからだと思うけど、先生もしばらく休むって言うだけだし」

そして、隆造がいないのを狙って明が用具室に現れたらしい。

明は俺に話したように、金を集めれば政ちゃんの仲間に入れてやるって言っていた。

「小林のヤツさ、それ聞くと、すぐに一人いくら出せるなんて言いやがってさ。隆造がいないと、いきなりヘタれになりやがって。あいつ、口だけのヤツだったんだよ……」

ほら見ろ、言わんこっちゃない。って思ったけど、今はそれどころじゃない。そんなふうに言う正太郎の歯切れも何だか悪い。きっとコイツも政ちゃんのことが怖いんだと思う。

「で、でもさ、そ、そんなもん払うわけないよな！　りゅ、隆造だったらぜったいに払わないよ！」

　トカゲが言った。

　正太郎や竹内は、トカゲの威勢の良さとは逆にうつむいている。

「どうする……？」

　トカゲがトイレに行ってしまうと、正太郎がそう言ってきた。

「どうするって……？」

「竹内と考えたんだけどさ、お、俺ら、払ったほうがいいんじゃないかって思ってんだよ」

「え……」

「なんかトカゲのヤツは妙に気合い入ってるけどさ……隆造もいねーし……。払うしかないんじゃないかって……」

「それにたとえ隆造がいたとしてもさ、政ちゃんが出てきたら、どうなるかわかんねーだろ。一人五、六千円なら何とかなるし……。隆造とトカゲには内緒で払うしかねーんじゃねーかって思ってんだけど」

　俺は、何も言えなかった。

ただ、メチャクチャ情けなかった。

もちろん正太郎と竹内のことが情けないんじゃない。二人が、お金を払おうと思うってことを、俺に話したってことが猛烈に情けなかった。

俺なら賛成してくれると思って。

「ちょっと考えてみるよ……」

気がつくと、俺はいつかと同じような言葉をつぶやいていた。

どうする？　どうすればいい？　授業なんかちっとも頭に入ってこなかった。

お金を払えば解決するのか？

でも、そしたら俺はまた隆造を裏切ることになるんじゃないか？　だってあいつなら絶対に払わないと思う。払わなかったら……どうなる？　どうなる？　政ちゃんにひどい目にあわされる……。

気がつけば、結局俺は、巻き込まれていた……。

その日、学校から帰ると西野から手紙が来ていた。

重たい気分で封をあけると、便せん三枚にていねいな字がびっしりと書いてある。


瞬君へ。

だまって引っ越してごめんね。瞬君たちには、あいさつをするべきだったのに、僕にはそれができませんでした。最後まで瞬君とトカゲ君にはウソをついていたからです。

でも、もうウソはつきたくないから、本当のことを書きます。

僕が学校に行かなくなったのは、瞬君が思ったように、瞬君に会いづらくなったからです。

せっかく仲良くなれたのに、明君たちとのことを知られて、瞬君を苦しい立場にしてしまったと思ったんだ。

でも、ちょうどそのころお金を盗んでいたことも母さんにバレちゃって、だからたずねて来てくれた瞬君とトカゲ君にはああいうふうに言ったんだ。

離婚の話が前々から出ていたのは本当だけど、二人は僕にどっちについて行くかは自分で決めなさいと言ってたから、僕は父さんと残ることもできた。

でも、瞬君ともあんな関係になってしまったし、明君たちにもお金を払うことはできそうもないし、だったら母さんについて行って、転校しちゃおうと思ったんだ。自分が転校すれば、ぜんぶ丸くおさまるって思った。

僕は、自分の問題から逃げたんだ。

でも、それは大間違いだった。瞬君とトカゲ君は、僕以上に僕のことで苦しんでくれてたって分かったから。

まさか明君たちのことを、内田先生に話すなんて僕は思ってなかった。二人の勇気のある行動を、僕は無駄にしたんだ。

二人が今ごろどんな立場に追い込まれているのか、僕には分からない。明君が政ちゃんにチクッて大変なことになってるかも……。そう思うと、心苦しいです。僕だけが逃げてしまって……。

でも、こんなこと僕が書くことじゃないけど、きっと乗り越えられると思う。だって二人には仲間がいるから。

あのとき、僕のことを仲間って言ってくれて本当にうれしかった。でも、僕はその仲間を信用してなかったことに気づいたんだ。あのとき、つくづく自分がイヤになったよ。だから、思わずあんなに泣いてしまったんだ。

僕に勇気があれば、仲間を信用する勇気が少しでもあれば、こんなことにならずにすんだんだ。

だから瞬君、どうかこの手紙を読んでも自分のことを責めないでください。悪いのはぜんぶ僕なんだ。僕に勇気がなかったから、罰があたったんだ。友達を失うっていう、罰があたったんだと思う。

瞬君、本当に仲良くなれて良かった。瞬君が映画を好きなこと、楽しい家族がいること、昼休みの遊び、いろんな発見ができたよ。そしてなにより、自分には丸っきり勇気がないってことも発見できた。あ、これは発見っていうより、前から分かっていたことかもしれないけれど。

新しい学校では、そんな自分にもおさらばしようと思っています。そしてもし、二人が附中に受かって、また中学でいっしょになれたら、僕は新しい自分になって胸を張って瞬君の前に現れることのできる人間になっていようと思います。そのときは、また仲良くしてください。

読むのが苦しかった。

だって、逃げたのは西野だけじゃない。勇気がなかったのも、仲間を信用しなかったのも、西野だけじゃない。

俺だって、仲間のことを信じていなかったんだ。

隆造は俺を信じようとしてくれた。俺が何か考えるなんてトカゲに言ってしまったもんだから。

でも俺は……。考えるどころか、何とか隆造の耳に入らないようにトカゲに口止めしていただけだ。自分が巻き込まれるのが怖かったから。

結局それは、俺が隆造を信用してなかったってことだ。信用する勇気がなかったってことだ。

トカゲは、全力で隆造のことを信じてたんだ。だからあんな行動を起こせたんだ。そして今も、信じてるんだ。

手紙を読んで、ようやく少しだけ分かったような気がする。

仲間ってのは互いの共通点が多いなんてことじゃない。

そいつのことを、全力で信じるってことが仲間なんだ……。

翌日、学校に行くとトカゲが走ってきた。

「しょ、正太郎たちがさ、き、昨日、明にお金を渡したみたい……」

やっぱり。

朝、下足場でばったり顔を合わせたときから二人の様子は変だった。何か言いたそうだったから、俺はすぐにピンと来たけど聞かなかった。聞いていたとしても、俺に二人を責める資格はない。それに、二人とも隆造がいれば払わなかったはずだ。隆造のことを信じているから。ただ、隆造がいないと少し不安になるだけだ。

「ど、どうする？」

トカゲが不安そうな顔で俺を見た。どうせお前も払うんだろって顔に書いてある。

「どうもしないよ」

「ど、どうもしないって……？」

「俺は払わないよ」

「ええ!?」

びっくりされて当然だけど、俺もトカゲみたいに隆造のことを信じたいし、仲間から信じてもらえるヤツになりたい。だからこれ以上仲間の信用を失うわけにはいかない。

昼休み、俺はトカゲといっしょに明たちのたむろしている用具室に行った。隆造がいなくなってから、すっかりこの場所は占領されていた。

「よう！」

明が陽気な声で言った。

「正太郎と竹内が払ってくれたよ。お前が言ってくれたんだろ」

「いや……。俺は何にも言ってないよ。あいつらが勝手に払ったんだろ」

「ふーん。ま、いいや。で、お前らもとうぜん払いに来たんだろ」

明の目つきが、少し鋭くなった。

俺は下腹に力を込めて言った。ここでびびるわけにはいかない。

「俺は払わないよ。トカゲも払わない」

そう言うと、その場が静まり返った。

小林が驚いたような顔をして俺を見ている。

「……お前、どうなるか分かってんのかよ」

明が俺をにらみつけて言った。

「分かってるよ。お前が政ちゃんにブッ飛ばされて……。そのあとに俺とトカゲもブっ飛ばされるんだろ」

そう言うと、また静まり返った。

「お前、怖くねーのかよ」

「怖いよ。でも、そ、そ、それよりもっと怖いことがあるんだよ」

政ちゃんの顔が少し頭に浮かんで、俺はトカゲのようにつっかえてしまった。

「フン。隆造か？　そんなに隆造が怖いのかよ」

鼻で笑うように、明が言った。

「怖いよ。俺は西野を見殺しにしたから……。ここで俺が金を払ったら、俺はまた隆造やトカゲを裏切ることになる。それが一番怖いんだよ」

真っ先に裏切った小林がうつむいた。そして、しばらく俺をにらみつけていた明が吐き捨てるように言った。

「ま、せいぜい友情ごっこしてろよ。政ちゃんが出てきたら、そんなこと言ってられなくなるぞ」

そう言う明の顔にも恐怖の色が浮かんだ。

目の前にいなくても、政ちゃんの恐ろしさがじゅうぶんに伝わってきた。


「お、俺……な、なんか嬉しいよ」

用具室から出ると、トカゲが言ってきた。

「なんだよ」

俺がきくと、トカゲは「お、怒らないでくれよ」と言いながら、いつもより三倍くらいたどたどしく話し始めた。

「しょ、正直言うとさ、お、俺、しゅ、瞬はダメなヤツなんじゃないかって思ってたんだ。カ、カントクのときも、か、考えるって言うだけで……な、何にもしてくれなかったし。で、でも……やっぱり隆造の、い、言うとおりだったなって」

「隆造？」

「う、うん……。お、俺がさ、隆造にきかれて、カ、カントクのこと話しちゃったとき、瞬のこと信用しろってずっと言ってたから……」

「でも、俺は裏切ったじゃねーか」

「そ、そうかもしれないけど……で、でも今日はさ」

俺はそんなトカゲの言葉をさえぎってきいた。

「一つきいていいか？」

「な、なに？」

「お前、どうしてそんなに隆造のことを信じてんだ？」

「え？」

トカゲはキョトンとした顔になってしまった。

「だって、お前は隆造のことを信じてたから、あんな行動に出られたんだろ？　絶対に隆造が何とかしてくれるって思えたから。でも、俺は隆造のことを信用してなかったんだよ」

そう言うと、トカゲはしばらく考え込んでから話し出した。

「よ、よく分かんないけど……。お、俺と仲良くしてくれたのは隆造だけだし……そ、それに、りゅ、隆造なら、そうするって思ったから……」

「……」

「りゅ、隆造なら、仲間が困ってたら絶対に助けるって思ったから……お、俺ただ、あいつみたいになりたくて……隆造みたいになりたくて……」

俺は、また驚いてしまった。

隆造みたいになりたいと思っていたのは、俺だけじゃなかったんだ。

トカゲもそうだったのか……。

「……俺もさ、隆造の前ではヘタれなとこ見せられねーって思ってたんだ。だから、お前が隆造に相談しようとするのも口止めした。だって隆造に相談すれば、すぐにあいつは明たちにやめろって言うだろ。そしたら政ちゃんが出てくることは分かりきってるからな。俺、怖かったんだよ。でも、お前は動いた。自分の力で何とかしようとした。正直言うと、そのときだって余計なことしやがってって思ったくらいだよ。でも、結局こんなことになっちゃって……。俺は初めて気づいたんだよ。俺は仲間を信用してなかったって。ホントの仲間じゃなかったんだって。だから……これからは信じようって思ったんだ」

トカゲはだまってきいている。

「それにさ……」

俺はトカゲに西野から来た手紙を渡した。

「な、なにこれ？」

「西野から手紙が来たんだよ。でも、その手紙を受け取る資格があるのはお前だよ」

トカゲはだまってその手紙を読み始めた。そして読み終わると、

「ど、どういうこと？」

と言って顔をあげた。内容がよく理解できないみたいだ。

「あいつも勇気がなかったんだよ。俺といっしょだったんだ。俺とあいつに、お前や隆造みたいに仲間を信用する勇気が少しでもあれば、あいつは転校しなくてすんだんだよ……。そのあいつが勇気を見せるって言ってんだから、俺だってさ。もうこれ以上、信じてくれてるヤツを裏切りたくねーよ」

トカゲはしばらくだまっていたけど、俺に手紙を差し出してこう言った。

「な、なら……。やっぱりこの手紙は瞬が持ってたほうがいいよ。だ、だって……お、俺だって勇気があったわけじゃないし……。それに……きょ、今日、瞬は勇気を見せたじゃんか。こ、この手紙のおかげだろ……だ、だったら……しゅ、瞬が持ってるべきだよ」

「そう……かな？」

「そ、そうだよ！ あ、そうだ！ こ、これから、隆造のとこに行こうぜ！ お、俺、はやく隆造にもこのこと教えてやりたいよ！ あいつ、きっと喜ぶよ！」

「でも……あいつ、入院してるんだろ」

「き、昨日、退院したんだよ！ あ、あいつ、瞬のことも心配してさ、どうなってるかって電話くれたんだ！」

自分だってケガして大変なときなのに。

それでもあいつは俺たちのことを心配してくれてたのか。

俺は、こうして良かったと心底思った。

「中学生とケンカしちゃってさ」

隆造はそう言うとテレたように笑った。

その顔には青アザがところどころにできていて、鼻には小さなギプスもついている。

俺もトカゲも、その顔を見て言葉が出なかった。

よっぽどひどく殴られたんだろうな。俺なんてママに引っ叩かれたことは何度もあるけど、パパに殴られたことはまだ一度もない。

でも、何もきけない。隆造が何も言わないってことはきいて欲しくないんだろうし、きいたところでどうすることも出来ないのは分かってる。

「それよりどうしたんだよ。まさか明たちから何かされたか？」

「そ、そのことなんだけどさ……」

トカゲが、隆造が休んでいる間に起こったことを説明した。

明たちから金を要求されていること。

小林が真っ先に裏切ってお金を払ったこと。

そして正太郎や竹内も払ってしまったこと。

隆造は、ずっとだまってきいていた。

「で、でもさ、俺と瞬は断ったぜ」

トカゲが少し誇らしげな感じで言う。

「や、やっぱりさ、しゅ、瞬は隆造の言う通りだったよ！　すげぇカッコ良かったぜ！　お、俺、見直しちゃったよ！」

そう言うと、トカゲは俺が断ったときのことを大げさに説明した。

横できいていると、何だか恥ずかしい。

「だから言っただろ。信用しろって」

隆造が、俺を見て笑って言った。

これで少しはこいつの信用を回復できたかもしれない。そう思うと少しホッとした。

「あ、でも正太郎たちのことは……」

俺が言おうとすると、隆造がさえぎった。

「分かってるよ。何にも言うわけねえだろ。一番悔しい思いをしてんのはあいつらだからな」

やっぱりこいつはスゲェ。

きっと、俺が西野のことをだまっていたときも、隆造はこうして知らない振りをしてくれたんだろうな……。

そんなことを思っていると、隆造が真剣な表情でつぶやいた。

「でも、これからが本番かもしれねーな」

そうだ。感心してる場合じゃない。本当にヤバくなるのはこれからだ。

明たちがこのまま引っ込むはずもないし、政ちゃんがどういう形で出てくるのか……。

昼休みの明のおびえたような表情が浮かんだ。

翌日から隆造は学校に来た。

隆造は、正太郎や竹内に何も言わなかったし、ききもしなかった。すっかり明たちにくっついている小林にも何も言わなかった。

でも、三人は隆造と顔を合わせづらいのか、昼休みも俺たちと一緒に行動しなかった。

それから何日かは何事もなく平穏にすぎた。明たちも、俺たちに何か言って来るようなことはなかった。

でも、安心はしてられない。このままで終わるわけはない。明たちは、いつも教室のうしろにたむろして話している。きっと何か対策を考えているに違いない。

俺は、内心ではいつ政ちゃんたちに話が伝わって、呼び出されるかと、ビクビクしていた。

でも、ピンチを迎えたのは明のほうだった。

11

その日は朝から変だった。

いつも教室のうしろで仲間とたむろしている明が、なぜか一人でうつむいて自分の席に座っていた。何かにおびえているようにすら見えた。

明の取り巻きたちも、誰も明に話しかけない。

「あ、明たち、何か変じゃない？　ど、どうしたのかな？」

トカゲもその様子に気づいていて、俺に言ってきた。

「わかんねーよ。けど……」

どうやら明が無視されていることは確かなようだ。

「だからか……」

昼休み、校舎の裏で俺が明のことを話すと、隆造がそうつぶやいた。

「なんだよ?」

「小林のやつがさ、今日は妙にヘラヘラしながら俺にくっついてきたからな」

「小林が?」

「うん。なんか変だなとは思ったんだけど……。ってウワサをすれば!」

文字通りヘラヘラした笑みを浮かべながら、小林が校舎の陰から顔を出した。

「あいつ、調子こいてんだよな。結局守ってもらうのはあいつだけなのにさ、何で俺たちが金を払わなきゃいけないんだよ」

真っ先にお金を払うと言った小林が、今は大きな声で明の悪口を言っている。俺は、この変わり身の早さにほとんど呆れ返ってヤツの話を聞いていた。もはや突っ込むこともできないって言うか……。

小林の話によると、明はやっぱり仲間内から無視されていた。

金を集めることができないと思った明は、取り巻きにも一人三千円ずつ持ってくるように言ったらしい。

「だから俺、言ったんだよ。何で俺たちまで金を払わなきゃいけないんだよって」

小林が得意そうに言った。

でも、それを言い出したのはコイツじゃないと思う。どうせ誰かが明のいないとこで言い出したに違いない。口だけ番長の小林はそれに同調しただけだと思う。

ただ、それはみんなの思っていることだった。小林が言うように、けっきょくそれで政ちゃんに守ってもらっているのは明だけなのだ。

「でもさ、金を払わなかったらあいつも殴られるだろうけど、明は政ちゃんにお前らのことチクるだろ。政ちゃんから呼び出しがかかったらどうすんだよ」

俺は一番不安に思ってることを聞いた。それは俺たちにも被害があるかもしれないことだ。

「そうなったらみんなで親にチクろうって話してるからさ。みんなの親が騒げばさすがに政ちゃんも何にもできないよ。だから殴られるの明だけだろ。あいつ、今ごろビビリまくってるぜ。金を払う期限はあと三日しかないんだからさ。ザマミロってんだよ」

確かに俺もザマミロとは思うけど、調子こいた小林のことを見ていると、何だかすっきりしない気持ちがある。

「誰が明を無視しようって言い出したんだよ」

それまでだまって聞いていた隆造が小林にきいた。

「それは……忘れちゃったけど……」

小林がモゴモゴする。ひょっとしたら、それを言い出したのはコイツかもしれない。どうでもいいけど。

明を無視しようという話はあっという間にまとまったらしい。

「俺も無視はやり過ぎだって思ったんだけどさ」

今さら自分のしていることのカッコ悪さに気づいた小林がそう言った。

「どうする？」

俺は隆造に聞いた。

ひょっとしたらこれでこのまま何事もなく終わるかもしれない。

それならそれでいいんじゃないかって思うけど……。

隆造は、何だか煮え切らないような顔をして、何も言わなかった。


翌日も、明は一人ぼっちだった。

取り巻きがいなくなれば、あいつには誰も友達がいないみたいだ。

今、明が無視されていることをクラスのどのくらいのヤツが気づいてるんだろう?

明は政ちゃんに払うお金をどうするんだろう?

何だか心配になってしまうのは、いつもは威張っている明が、最近は子犬みたいに丸まって小さくなってるからだけじゃない。

きっとあいつも、俺と同じようなことで苦しんでるに違いないと思ったからだ。

誰からも信じてもらってなくて、誰のことも信じてなかったんだと思う。気がつけば、仲間がいなかったってことだ。今の俺にはその明の苦しみは分かりすぎるくらいに分かる。

二日後、明は目のまわりに青アザをつくって学校に来た。

きっとお金が払えなくて、政ちゃんに殴られたに違いない。

そのくらいですんだのなら良かったじゃないかって俺は思ったけど、でもその日、明はとんでもないことをした。
三、四時間目。六年生全体の合同体育の授業のときだ。
明は、体調が悪いからと言って合同体育を休んで見学していた。

途中で見学を抜け出した明は六年生の教室に忍び込んで、かたっぱしから生徒のカバンを漁ってお金を盗んだ。

合同体育の三時間目が終わったとき、たまたま教室にもどった二組の女子たちに見つかったらしい。

明は先生に呼ばれて盗んだお金は返したらしいけど、そのことはもう学年中に知れ渡っていた。

「たぶん、政ちゃんに殴られただけじゃすまなかったんだろうな」

昼休み、用具室で隆造がそう言った。

俺もそう思ってた。

明はきっと、昨日政ちゃんから殴られたあげく足りないぶんも持ってくるように言われたんだと思う。じゃないとこんなムチャをするわけがない。

「あいつ、どんな様子だった？」

隆造がきいてきた。

「一応、給食のときには戻ってきてたけど……ほとんど食べてなかったな」

うつむいて、目の前の給食を見つめていた明の姿が目に浮かんだ。

「罰があたったんだよ。西野から金を巻き上げてた罰があたったんだよ」

小林が言った。

そりゃそうかもしれないけど……。

「で、でも。な、なんか、これじゃカ、カントクのときと同じみたいだな……」

そう言ったのはトカゲだった。

そうだ。どうもすっきりしないのは、俺もどこかでそう感じていたからだ。

確かに西野のときと似ている。明は無視されている上に、政ちゃんにお金を払わないといけないから、今、サイコーに困ってると思う。そしてそれを、俺たちは知っている。

でも、だからってこればっかりはどうしようもない気がする。だいたい西野が転校しちゃったのは明のせいでもあるんだし……。何で明のために俺たちがこんな空気にならなきゃならないんだよって気持ちもある。

俺はチラッと隆造を見た。

隆造は、昨日みたいに何だかむずかしい顔をしてだまっている。

「あ、あいつ、明日、学校来るかな」

トカゲが言った。

「どうかな。ただでさえ無視されてんのに、こんなことまでしちゃったからな」

俺なら来られないと思う。

次の朝、予想を裏切って明は学校に来た。

明が入って来ると、それまで明の噂話で盛り上がっていた教室の中が静まり返った。

自分の席に座ると、明はいつものようにだまって下を向いていた。

「明からみんなに言いたいことがあるそうだ」

出席を取り終わると、内田先生がそう言った。

みんながいっせいに明を見た。

明はしばらくうつむいたまま座っていたけど、大きく深呼吸すると、立ち上がって前に出て話し始めた。

「昨日、僕は合同体育の授業のとき、みんなの財布からお金を盗もうとしました。いけないことをしたと思っています。本当にすみませんでした」

そう言って、頭を下げた。

「よし。もういい。自分の席にもどれ」

内田先生が言うと、明は自分の席にもどって、また下を向いた。

「お金も戻ったし、先生はこのことをみんなに話すつもりはなかった。でも、明がみんなの前でちゃんと謝りたいって言ったんだ。明は偉いと思う。悪いことをしたあとで、それを謝るのは勇気のいることだ。だからって明のしたことが許される訳じゃない。明はずっと後悔すると思う。でも、反省してちゃんとしようと思ってる。だからみんなも、勇気を出して明を受け入れてほしい。以上」

すげぇと思った。

内田先生が言うように、明は勇気があると思った。

でも、現実はそんなに甘くない。

やっぱり明に話しかけるヤツはいなかった。

授業と授業の合間の休憩も、明は一人で自分の席に座っていた。

「あいつ、みんなの前で昨日のこと謝ったよ！」

昼休み、俺はコーフンした口調でそのことを隆造に話した。

「へぇ」

隆造はそう言ったきり、興味もなさそうだった。

「なんだよ。驚かねーの!?」

昨日はあんなむずかしい顔してだまってたくせに。隆造の反応がつまらなくて、
俺はそう言った。

「来たなら良かったじゃねーか。なんか嬉しそうだぜ、お前」

そう言うと、隆造はニヤッとした。

隆造が言うように、俺は何だか少しだけ嬉しかった。何で嬉しいのかよく分から

ないけど、でも、昨日よりは気分がすっきりしていた。

「あ、明に話しかけてみない？」

掃除の時間、トカゲが言ってきた。

「うーん」

そう言われると、俺は困ってしまった。

「話しかけるつってもさ、何て話しかけるんだよ」

「な、なにかな……」

トカゲも考え込んでしまった。

確かにさっきはちょっとすっきりした気持ちにもなったけど、考えてみれば、明の状況は何も変わってない。無視されたままだし、きっと政ちゃんにもお金を要求されたままだろう。あいつはまだ困っているに違いない。

でも、だからって俺たちから話しかけてやることはないような気がするし、万が一あいつのほうから相談してきたとしても、ってやっぱり西野のときと同じだ。きっとトカゲもそう思っていて何かすっきりしないんだと思う。

そんなことを考えていると、「おい」と声がして俺とトカゲは顔をあげた。明がいた。

「な、なんだよ、お前」

俺は思わず身構えた。いくらかわいそうな状況とはいっても、やっぱりこないだまで敵だと思っていたヤツだし。

「そんな怖い顔すんなよ」

そう言う明の声は、弱々しい。

「ちょっと頼みがあるんだけどさ……」

「なんだよ」

まさか政ちゃんのことじゃねーだろうなってとっさに思った。

「隆造にさ、やっぱり俺は一人で行くって伝えといてくれよ」

「は？　なんだよ、それ」

「言えばわかるからさ。頼むよ」

そう言うと、明は行ってしまおうとした。

「待てよ。何だよ」

明は言いたくなさそうだったけど、俺がしつこくきくと話し出した。

「あいつさ、昨日、学校の帰りに俺のこと待ち伏せしてやがってさ」

「待ち伏せ!?」

「うん。お前ら……気づいてんだろ？　俺が無視されてること。だからさ、そのことを笑いにきたのかと思ったんだけど」

——そんなの知ったこっちゃねーよ。俺が気になってんのは政ちゃんのことだよ。お前、まだ政ちゃんに金払わなきゃいけないんだろ。だから盗んだんだろ。

隆造はそう言ったらしい。

「お前には関係ねえだろって言ったんだけどさ、関係あるっつうんだよ」

——どうせお前、政ちゃんに俺たちのこと話すだろうが。チクられてどうのこうのってよ。そうなったら俺たちにも迷惑がかかるんだよ。

俺たちが、一番心配してたことだ。

「隆造の言うとおり、俺は政ちゃんに話してたんだよ。何で金持って来られなくなったんだって聞かれたから、チクられましたって。そしたらさ、誰がチクッたんだって。そいつ連れて来いって言われて……。で、俺……トカゲの名前出しちゃったんだよ」

トカゲの顔色が一気に青くなった。

「でもさ、そんなこと言ってもお前ら、ハイ、そうですかって来てくれないだろ。親の財布から盗もうって考えたんだけど、あんまり入ってなくてさ……それで……パニックになっちゃって……昨日はあんなことしちゃったんだ」

「それで隆造はなんて言ったんだよ」

「次に政ちゃんに会うのはいつだって聞くからさ、次の金曜日って教えたら……つ、ついて行くって」

「はぁ!? なんでだよ!」

俺は驚いてしまった。いくら明がかわいそうっつってもそれはやり過ぎだ。

「お、俺だって驚いたよ。そしたらさ……」

――どうせ誰も連れてかなきゃ、政ちゃんはお前のこと殴って、トカゲのこと待ち伏せすんだろうが。お前がどうなろうが知ったこっちゃないけどな、トカゲは俺たちの仲間だから守らなきゃいけないんだよ。

隆造なら、きっとそう言うだろうなって思う。

「それに」

明が続ける。

「なんだよ」

「西野のことを守れなかったからって……」

おなかの中がチクッとした。だって西野のことを守れなかったのは俺のせいだから。

「でも、結局あいつは俺のことも心配なんだと思う」

最後に隆造はこう言ったらしい。

――別にお前のことなんか心配してねーけどな、金魚のフンみたいなヤツらに無視されてちっちゃくなってるお前はムカつくんだよ。金、パクッたことなんか謝りゃいいじゃねーか。みんなの前で堂々と謝って、堂々としてろよ。ちょっとピンチになったからって逃げ出すヤツなんかいなくても平気だって見せてやれよ。

だから隆造は明が謝ったことを聞いても驚かなかったのか。

「恥ずかしいけど、俺はあいつの言うとおりにしちゃったよ。でもな、これ以上あいつに恩を売られてたまるかってんだ。それに、こうなったのは俺のせいだしな。

だから……俺は一人で行くよ。隆造はお前らには言うなって言ったんだけど、隆造を止められるのはお前らだけだろ。だから……さ」

それは絶対に無理だと思う。

どんなに明が一人で行くと言っても、結局政ちゃんたちにトカゲのことが知れた以上は、俺たちを待ち伏せするに決まってる。

隆造は、そうなることを一人で食い止めようとしているんだ。

「そ、それは、む、無理だよ」

俺のかわりにトカゲが言った。

「りゅ、隆造は絶対に行くよ。で、でも、お、俺も行くよ。だ、だって隆造が行くのに、俺が行かないなんて、お、おかしいもん！　お、俺たち……仲間だから」

「お、俺も行くぜ」

俺もそう言った。ホントは政ちゃんのことが死ぬほど怖いけど、もう逃げることはできない。

翌日、俺とトカゲはきのう明から話は聞いたと隆造に言った。

「あのバカ……」

そう呟くと、隆造は俺とトカゲが何を言うか、見通しているように先に言った。

「お前ら、ついて来るとか言うなよ」

「な、なんでだよ」

トカゲがくってかかる。

「バーカ。ホントに行くわきゃねーだろ。明にはああ言ったけどさ、相手は政ちゃんだぞ。まともに相手なんかしてられるかよ。逃げて逃げて逃げまくっときゃいいんだよ」

「で、でも……政ちゃんに、俺の名前はバレちゃってるよ。ま、待ち伏せとかされたら……」

さすがに今回はトカゲも不安らしい。

「そんときはヤルしかねーだろ。でも、こっちからわざわざ敵のとこに乗り込んでいく必要なんかねーよ」

隆造がそう言うとトカゲは、

「そ、そうか。そ、そうだよな。あ、あいつらが来るまではほっときゃいいよな」

って納得したようだけど、俺はそうは思えなかった。

隆造はウソを言っている。

ここまで来ても、こいつは仲間のことを守ろうとしている。

その日は塾もなかったから、俺は久しぶりに隆造とトカゲと三人で帰った。

天神川の土手でトカゲと別れると、俺は隆造に言った。

「お前さ……政ちゃんのとこに行く気だろ」

隆造はしばらくだまっていたけどすぐに、

「へへ。バレたか」

と言って笑った。

「ああでも言わないとさ、トカゲのバカ絶対について来るからな。あいつは本当に本物のバカだから」

「お、俺は行くぜ」

そのバカに俺もなりたい。いや、ならなきゃいけないんだ。

「お前も来るな」

隆造は立ち止まって言った。

「な、なんでだよ！」

「政ちゃんと会うのは金曜だぜ」

「だ、だから何だよ」

「お前、大事なこと忘れてないか？」

「大事なことって……え、まさか塾のことか？」

でも、塾なんかこのことに比べたら、屁、みたいなもんだ。

「そんなもん、一回くらいサボったってどうってことねーよ」

「バーカ！　塾なんかじゃねーよ」

「なんだよ」

「お前、母ちゃんの手術の日も覚えてねーのかよ！」

「は？　お、覚えてるよ。十六日の……あ！」

金曜日だった。

「親の手術の日にそんなバカなことしてていいわけねーだろ」

いろいろなことが起こりすぎて、すっかり忘れていた。

「でも、何でお前が知ってんだよ」

手術どころか、俺はママが入院したことすら教えてないのに。

「ワコからきいたんだよ」

「ワコ？」

「こないだ学校ですれ違ってさ。元気かって声かけたら、ママがまた病気になったって言っててさ。お前の母ちゃん、またガンになっちゃったんだろ。手術の日まで教えてくれたよ。なんで黙ってたんだよ」

「だって……」

いろいろあったし、そんなこと言ってもどうしようもない。

「俺さ、お前の母ちゃん、好きだぜ」

「え」

あまりに唐突な言葉に、俺は驚いてしまった。

「だってさ、お前の母ちゃんくらいだもん。俺やトカゲのこと、普通に扱ってくれたのはさ。いつも会うたびに勉強しろとか頑張れって言ってくれるしさ、飯も食わせてくれたし」

「そ、そんなの……ただのおせっかいじゃねーかよ」

半分嬉しかったけど、半分は本気でそう思っていた。

確かにママは隆造のことを心配していた。隆造が顔にアザを作るたびに、「どうしたの、どうしたの」ってきいていたし、トカゲがおなかをすかせていないか気にしたりもしていた。家庭環境のせいだけで隆造やトカゲのことをよく思っていない人たちもいるのに、ママは積極的に関わろうとしてくれた。

でも、俺はそんなママが少しイヤだった。何もできないくせに、興味本位できいているように見えたからだ。それに、顔のアザのことをきかれて、隆造がホントのことを言えるわけがない。どうして大人のくせにそんなことが分からないんだろうって思ってた。

だから俺はママに言った。隆造はお父さんに殴られてるかもしれないんだって。いろいろ複雑な事情があるかもしれないから、軽はずみにあんなことをきかないでくれって。どんなにママが隆造やトカゲのことを心配したところで、しょせんは他人だ。何かしてやれることなんてない。だから俺がママに望んでいたことは、普通に隆造たちに接してほしいってことだけだった。

「ほんと言うと最初はウゼェとか思ってたんだけどさ、でも、お前の母ちゃんと会った日だけは、勉強してたもんな」

そう言うと、隆造は笑った。

「だからってわけじゃないけどさ、大変な手術なんだろ？　そのときくらい病院にいてやれよ」

それはそうだけど……。でも、それじゃ俺の気持ちはおさまらない。

「でも、俺は、西野のことで」

「だからあんなの気にしてねーよ」

「……お前が気にしてなくても……俺の気がすまねーんだよ。俺は……あのときお前のことを裏切ったんだ。お前が俺のことを信用してくれたのに、俺はお前のことを信じてなかったんだ。だから俺は……お前に信じてもらえるようなヤツになりたいんだよ。お前らと、ホントの仲間になりたいんだよ！」

そうだよ。俺はこいつとホントの仲間になりたい。

手術を受けるママには悪いけど、それが俺の一番の希望なんだ。

「ずっと仲間だっただろ」

だまってきいていた隆造が言った。

「お前のこと、仲間じゃないなんて一度も思ったことないよ。お前がそう言ってくれるだけで百人力だよ。それが何より仲間って証拠だと思うぜ。それにお前が俺を信じられなかったのは俺のせいでもあるしな。だから俺も、お前に信じてもらえるように一人で行くよ」

そんな隆造の言葉に、俺はもう何も言葉が出てこなかった。

どうしてこいつはこんなことが言えるんだよ。

なにがこいつをそうさせるんだよ。

俺は今、どんな顔をして隆造のことを見ているんだろうかと思った。ここまで言う隆造のことが分からなくなったし、正直少し怖いとすら思ってしまったからだ。

いつの間にか俺は、震える声で話し始めていた。

「お前、どうしてそこまですんだよ。なんで、一人でカッコつけるんだよ。いつも仲間のこと考えて……。明のことまでさ……。どうして、そんなことができるんだよ。俺、お前が好きだけどさ、正直言うと、そんなお前といるのが息苦しく感じることもあるんだよ……お前のこと、よく分からなくなるときがあるよ」

そう言うと、隆造はしばらくだまっていたけど、ゆっくりとしゃべりはじめた。

「俺、まともな人間になりたいんだよ」

「それどういう意味だよ」

「俺、人殺しの子になりたくないんだよ」

マジか。あの噂は本当だったのかよ……。ケロイドだらけの隆造のお父さんの顔が思い浮かんだ。

「知ってるだろ。俺の父ちゃんがさ、ヤクザで人を殺したって噂があるの」

隆造はポツポツと話し始めた。

「父ちゃんと初めて会ったのは、一年生のときなんだよ。ある日、学校から帰ったらさ、母ちゃんから、この人が父ちゃんだって言われて……。それまではどこか遠いとこに仕事で行ってるなんて言われてたんだけど……。すげぇびびったよ、最初にあのヤケドだらけの顔を見たときは……。それに……背中に大きなイレズミあるし……すぐにヤクザだってことは分かったよ。でも、父ちゃんは最初は優しかった。だから俺も、ケッコーなついてたんだ。でも、そのうち母ちゃんのこと殴るようになってさ……。酔っ払って、イレズミ出したまま表も歩き回るもんだから、近所からも噂されるしさ……。そのうち、人を殺して刑務所に入ってたなんて言う人も出てきて、結局母ちゃんは俺が三年生のころに出ていっちゃって……俺は父ちゃんと二人きりになった。それから酒呑むと俺のこと殴り出してさ、ほんと言うと、これも父ちゃんに殴られたんだよ」

隆造はそう言って、鼻のギプスを触った。

「だから俺、こいつは俺の親父じゃないって思うようになった。ホントの親父なら、ここまで子供を殴らないだろうし……だから明に父ちゃんのことを言われて殴りかかったのも、父ちゃんのことが好きだからじゃないんだ。あんなヤツの子供だって思いたくないからなんだよ」

隆造の声は震えていた。こんな隆造の声を聞くのは初めてだ。

「母ちゃんだって、ホントの母親じゃないって思うようにした。だって、ホントの母ちゃんならこんなひどい男のとこに俺を置いて出ていくわけねーもん。でもさ、あの日、母ちゃんがとつぜん家にやって来たんだ。母ちゃんは俺のことを引き取るつもりだった。父ちゃんは渡さないって大声でわめいてた。俺のことが好きだからじゃないぜ。ただの意地だよ。俺はものなんだよ。俺はどっちと暮したっていいんだ。どっちのことも、親だと思っちゃねーし。母ちゃんだって、何を今さらって思った。案の定、父ちゃんは母ちゃんをボコボコに殴り出した。だから俺は父ちゃんにむかって行った。このままじゃ母ちゃんが殺されるって思ったから。でも、それは母ちゃんのことを心配してじゃないぜ。このままじゃホントに人殺しの子供になっちゃうかもしれないって思ったんだ。サイテーだろ。気がついたら、俺は包丁を持って父ちゃんに向かって行ってた。本気で殺そうとしてたんだ。そのとき思ったよ。やっぱり俺は人殺しの子なんだって。でも、でも……俺……」

いつの間にか隆造の目から涙がぽろぽろとこぼれ落ちている。そんな涙を拭いもせずに隆造は叫ぶように言葉を続けた。

「お、俺、そんなのイヤだよ！　だから俺は変わりたいんだよ！　普通の人間になりたいんだよ！　このままじゃ俺、ロクでもないやつらから生まれた、ロクでもない人間になっちゃうよ！　だから……仲間なんてカンケーないんだよ！　俺、まともな人間になりたいだけなんだよ！」

あとは言葉にならなかった。

隆造は大声で泣いた。

そんな隆造にかける言葉も浮かんでこなかったけど、でも、これだけは言わなきゃって思った。

「わかってるよ！　みんなわかってるよ！　お前がまともな人間で、すげぇいいヤツだって、みんなわかってるよ!!」

俺は、全力を込めて隆造を抱きしめて言った。

土手を歩いている人が、びっくりして俺たちを見ていたけど、そんなの関係なかった。

今は力いっぱい抱きしめていないと、このまま隆造は泣きながら消えてしまいそうな気がした。


ひとしきり泣きじゃくると、隆造はすっきりしたのか「今日のことは内緒な……」と言ってテレ笑いを浮かべながら帰って行った。

一人になって考えてみても、俺にはよく分からなかった。隆造の抱えている孤独があまりにすさまじくて、想像すらできなかった。まともな人間になりたいって気持ちもよく分からない。だって隆造は、どこからどう見てもまともな人間だ。

分かっているのは、俺は隆造のことなんか何一つ分かってなかったってことと、隆造が本気ってことだけだ。隆造自身が考えるまともな人間に、あいつは本気でなろうとしてるってことだ。

「俺、一人で行くからな。邪魔すんなよ」

いよいよ明日が政ちゃんとの約束の日、隆造はそう言うと、ニヤッと笑った。

俺は何も返事をしなかった。ただ、隆造が変わりたいと思っているように、俺だって変わりたいと思ってた。


その日、学校から帰ったあと、パパとワコの三人で、ママのお見舞いに行った。

「二度目なんだからもう慣れたわよ」

強がりで言ってるんじゃなく、ママは本当に元気そうに見えた。

それから、俺やワコに勉強やピアノはちゃんとやっているか、パパには野菜を食べさせているかきいた。

「やってるよ！」とワコが大きな声でこたえると、ママはニッコリした。

パパも「食べさせてる」って言ったけど、それはちょっとウソだ。パパは仕事からも早めに戻ってきてご飯を作ってくれるけど、やっぱりママのときよりもずいぶんと野菜は少ない。

でも、俺は野菜が嫌いだからそのほうが良かったし、ママに心配もかけたくなかったから、「パパ、ケッコー料理うまいんだよ」ってこたえといた。

ひとしきり話が終わると「また夜に迎えに来る」って言って、パパはいったん仕事へ戻って行った。

いつの間にか、ワコはママのベッドにもぐりこんで眠っている。

ママは、そんなワコの頭をなでている。

もう三年生のくせに、こいつは本当に甘えっ子だ。

ワコは俺と同じ部屋で寝ているけど、この歳になってもまだ寝る前にママに本を読んでもらっている。

たいてい俺は「うるさいなぁ」なんてマンガを読みながら言うけど、実は耳ではママの声を聞いていたりする。

俺は本なんかぜんぜん読まないけど、ママが読むのを聞くのは嫌いじゃなかった。

そう言えば、入院しちゃう前まで読んでくれていた『大どろぼうホッツェンプロッツ』とかいうのがまだ途中だった。

そんなことを思い出していると、ママがポツリと言った。

「ママね、ちょっと反省してるの」

「え、なにを？」

「こないだあんたに言われたこと。ママ、ホントにパパのせいばっかりにしてるもんね」

俺はだまっていたけど、

(へぇ、ママでも反省することがあるんだ)

と少し感心した。

「ママね、ホントはピアニストになりたかったの」

「え！　そうなの!?」

初めて知ったけど、まあでもピアノの先生をしているくらいだから不思議じゃないか。

「でもね、そんな才能なくて、パパと結婚してここに来たの。その頃はよそから来てる人なんか周りにはほとんどいなかったし」

「何度もきいたよ。なかなか友達もできなくて寂しい思いしたんでしょ」

「そう。それをパパのせいにしてたの。自分は夢を諦めてここに来たのに、どうしてこんな寂しい目にあわなきゃいけないのって。でもね、友達ができなかったのはママがいけなかったの。田舎の人だからなんてバカにした態度でいたんだと思う。だから誰も周りに寄って来なかったのに、いつか見返してやるからなんて、そんなことばかり思いながら生きてた。だからあんたには塾に行かせようとしたり、ピアノをやらせてみたり……。必死だったの」

ママの夢までは知らなかったけど、

「そんなの、そうだと思ってたよ」

と俺は口をとがらせて言った。

ママは少し笑って、

「でも、あんたぜんぜん言うことききかなかったけどね」

と言った。

「でも、今はちゃんと塾に行ってるじゃん」

「やめたい？」

「え？」

まさかママの口からそんな言葉が出てくるとは思わなかった。

「いいのよ、行きたくなかったら。ママね、もう見返してやるなんて思うのやめたの。だってそんなの自分の人生じゃないって今さら気づいたのよ。このままじゃママ、よけいに自分のことが嫌いになるだけだって。あんたには迷惑かけちゃったけどね」

やっぱりママは今の自分が好きじゃなかったんだ。

「大人になっても自分で自分のことが嫌いなんてミジメだから、ママ、あんたにはそうなってほしくないって思っていろいろ口うるさく言ってきたけど、でも、今の自分が嫌いなのに、あんたにはそうなってほしくないなんて間違ってるもんね。それよりも、ママが自分で自分を好きになって、いいお手本を見せなきゃね」

そんなに素直に言われると、それが間違っていたのかどうかも分からない。だって、塾に行ったから西野とも友達になれたんだし、学校の成績も上がったし、それが嬉しかったし。

そうだ、すべての始まりは塾だったんだよなぁ。

もしあのとき塾に行ってなかったら、西野が映画を好きなんてことも分からなかったし、お金を巻き上げられていることも知らずにいたかもしれない。あのまま普通に隆造たちと遊んで……。ひょっとしたらいつまでも隆造のことだって何も知らないままだったかもしれない。仲間についてあんなに悩んだり考えたりすることもなかったかもしれない。

そして俺だって、こんなにも自分のことが嫌いだなんて発見してなかったかもしれない。

だから塾に行って良かったとか、塾に行ったおかげだとは思わないけど、何だか不思議な気持ちだ。こういうのを運命とかって言うのだろうか。

「でも、自分で自分を好きになるって……大変だよ」

俺がそう言うとママは、

「あら、よく分かってるじゃない。どうしちゃったの、あんた!?　すごい、すごい！」

って俺を褒めた。

だから親バカだなんて言われちゃうんだよって思ったけど、でもきっとママも、その大変さはじゅうぶんに分かってるんだ。

12

みんな自分を好きになりたい。

隆造も、ママも、西野も、トカゲも、みんな自分を少しでも好きになりたくてもがいていたんだ。小林だってそうだったんだと今は思える。

きっと明や正太郎や竹内だって、この先もがくことになるかもしれない。いや、ひょっとしたら俺の知らないところで、隆造みたいにもうもがいているのかもしれない。

病院の待合室で、ママの手術が終わるのを待ちながら俺はそんなことを考えていた。学校はパパが休んでいいっていうから休んだ。

パパはウトウトと居眠りしている。

ワコは待合室と手術室を何往復もしている。

「ん。おい、何時だ？　様子見て来い」

ふと目覚めたパパがそう言うと、ワコがまたチョコチョコと歩いて行った。

さっきからパパとワコは何度もこれを繰り返している。手術は五時間くらいかかると言われてるから、終わるのはまだまだなのに。

昨日、あのあと、俺はママにきいてみた。

「パパも、自分のことを嫌いになったりするのかな？」

「パパはね。そんなこと考えないの。ママとあんたたちが幸せなら、それでいいの。そんなこと考える暇もないくらい働いてんのよ」

ママはそう言ったけど、もちろんそんな答えは納得できない。

もっとパパのことも知ってみたい。俺は初めてそう思った。

パパは、大学時代に東京でママと出会った。

東京で、パパはどんなことを思いながら生活してたんだろう。

ママみたいに夢はあったのかな。

それを諦めて、生まれた故郷に戻ってきたのかな。

ママのどこが好きになったんだろう。

いつか発見してみたいと思ったけど、でも、映画なんか見ていると父と息子はあまり話さない。こないだのラーメン屋で初めて二人で夕飯を食べたときも微妙な空気だったし、これから俺とパパの距離がぐっと近づくようなことはあまり想像できなかった。もしかしたら永遠にパパのことは分からないのかもしれない。

ウトウトするパパの寝顔を見ながら、そんなことを思っているとワコが戻ってきた。

そう言えばこいつのこともあんまり知らないような気がする。

俺は立ち上がった。

「どこ行くの？」

ワコがきく。

「ちょっとな」

俺は今日、隆造といっしょに行こうと決めていた。

隆造に信じてもらいたいからじゃない。隆造が俺のことを信じてくれてることは、もうじゅうぶんに分かった。

誰のためでもない。俺が自分で自分のことを信じたいからだ。

ここで隆造といっしょに行かなかったら、俺はいつまでも自分を信じられないような気がする。自分のことを信じてない人間が、他人に信じてもらえるわけがないし、自分のことを好きになんてなれるはずもない。

ママには悪いけど、俺は今、一番そうしたいんだ。

それにママはきっと、いや絶対に大丈夫だ。

「お母さんは大丈夫だよ」ってお医者さんも言ってくれたけど、完全に寝てしまったパパの顔が一番それを証明している。

天神川の土手で、俺は隆造を待った。

思ったとおり、隆造は一人で来た。きっと明にも、来るなって言ったに違いない。

隆造は、俺を見て驚いたような顔をした。

隆造が何かを言う前に、俺は隆造に言った。

「変わりたいのはお前だけじゃねーんだよ。お前が何を言っても俺はいっしょに行くからな」

隆造はだまっている。

「それに、お前が政ちゃんのこと殺しちゃいそうになったら、誰かが止めなきゃいけないだろ」

そう言うと、隆造はフッと笑って言った。

「ま、そんときはよろしく頼むよ」

13

こ、こんなにデカかったか……。

十人くらいの手下を引き連れて待っていた政ちゃんは、六年生のときよりも十センチくらい背が伸びているように見えた。ただでさえ大きかったのに、もう高校生でも通用しそうな感じだ。

「なんだ、お前ら」

政ちゃんは、俺と隆造を見ると言った。

「明はこねーよ！」

隆造が、大きな声で言う。

「だからオメェらは何なんだよ！」

政ちゃんのほうも凄んでくる。俺は、震えそうになる足を必死に踏ん張っていた。

「明の代わりに来たんだよ。俺たちは明の子分だ。あいつ、もう金は払わねーってさ」

隆造がそう言うと、政ちゃんが近寄って来た。そしてギロリと隆造の顔を覗き込んで、次に俺のほうをチラッと見た。

それだけで、俺はちびりそうになっていた。

「お前、確か……隆造とかってヤツだろ」

さすがに隆造は名前を知られている。

「で、お前は誰だよ」

政ちゃんは、俺のことなんか知りもしない。

悔しいけど、俺にはたいした実績もないからしかたがない。

「お、俺は……」

声が震えている。

「あ〜。何だよ、女みてーな声しやがって。びびってんならこんなとこ来ないで、オウチでママのオッパイでも吸ってろ」

悔しいけど、政ちゃんの言うとおり、俺はびびりまくってた。

「つーかよ、お前ら明の子分なら、あいつの代わりに五万持ってこいや。そしたら無事に帰してやるよ」

政ちゃんは、そのクサい口で俺たちにキスでもしようとするんじゃないかってくらい顔を近づけて、ニヤニヤしながらそう言った。

自分のことなんて信じられなくていい。好きになれなくていい。そう思ってしまうくらいここからいなくなりたかった。

「口がくせーんだよ」

隆造がそう言うと、政ちゃんの顔色が変わった。

「あ？　なに？　俺はちぃとばかし耳が悪いんだよ。もう一回言ってくれよ」

「口がくせーつったんだよ」

「あ？　聞こえねーなぁ」

「耳クソたまってっからだよ！　口がくせーから黙れってって――」

言い終わらないうちに、隆造は吹っ飛んでいた。口から血も流れている。早くも政ちゃんのメガトンパンチが隆造の顔面に炸裂したんだ。

こんなパンチくらったら死んでしまう。俺は一発で震えあがってしまった。

「確かお前の父ちゃん、ヤクザだったなぁ。人も殺してんだよなぁ。帰って親父にチクるか」

政ちゃんは手の関節をボキボキ鳴らしながら倒れている隆造に近づいていくと、言っちゃいけないことを言った。隆造にお父さんの話は禁句だ。

周りの中学生たちの顔色も変わった。

当たり前だ。父親がヤクザだってきけば、中学生なら普通はびびる。

「よ、よお……そんくらいでいいんじゃねーか」

仲間の一人が政ちゃんに言った。

「うるせーよ。びびってんじゃねーよ」

「でも……ヤクザなんだろ」

「そんなの昔の話だ。今はただの酔っ払いゾンビだよ」

そう言うと、政ちゃんはまた隆造に言った。

「ついでに親父も連れてこいよ。俺が死刑にしてやるからよ」

「うるせーよ」

隆造がフラフラと立ち上がる。治ったばかりの鼻からもダラダラと血が流れている。

「父ちゃんはなぁ、父ちゃんは人なんか殺してねーよ！」

そう言うと、隆造は政ちゃんに体当たりしていった。そしてそのまま馬乗りになると、何発も政ちゃんの顔にパンチの雨を降らした。

スゲェ！

やっぱり隆造はスゲェよ！

あの政ちゃんに、勝っちゃうなんて！　まるでスティーブン・セガールが映画の中で悪者たちをコテンパンにやっつけているみたいだ。

政ちゃんの仲間たちも、ポカーンとした顔して見つめている。

「父ちゃんはなぁ！　父ちゃんは、まともな人間なんだよ！」

隆造はそうわめきながら、もっと政ちゃんにパンチを見舞う。

あいつ、こないだはお父さんのことをあんなふうに言ってたのに……。

ふとそう思った瞬間、隆造の体がポーンと宙を飛んだ。それは、まるで映画のスローモーションの映像を見ているかのようだった。アクション映画の主人公が死ぬときなんかにかっこいいスローモーションによくなるけど、あんな感じで隆造は宙を飛んでいき、ドタッと地面に落ちた。

「なんかかゆいなぁ」

そう言って政ちゃんは立ち上がると、アゴのあたりをポリポリとかいてやがる。化け物だ。あんだけ隆造のパンチを浴びたのに、ぜんぜん効いてない。

明が脅えるのも分かりすぎるくらい分かる。

さすがの隆造も、信じられないって顔をしている。

「かゆみ止めにはウナコーワッ!!」

そう言うと、政ちゃんは隆造に突進して行き、さっき隆造にそうされたように馬乗りになると、大きな手でパンチの雨を降らし始めた。

何発も何発も隆造の顔に政ちゃんの大きな拳がめりこんでいる。隆造もやり返すけど、政ちゃんには効いてない。

このままじゃ隆造はボロ雑巾のようにやられちゃう。

助けなきゃ！

そう思うのに、俺の足は金縛りにあったかのように動いてくれない。

せっかくついて来たのに、これじゃ自分のことを嫌いになりに来ただけじゃねーか！

動け！　動け、俺の足！　ここで動かずにいつ動くんだよ！

「動けってんだよー!!」

そう叫ぶと、俺はムリヤリ地面から自分の足をひっぱがして政ちゃんの背中に思いっきり体当たりした。そしてメチャクチャに腕を振り回して、その大きな背中に何発もパンチを繰り出した。

でも、政ちゃんは微動だにしない。

「あ～なんだぁ～」

そう言って振り返ると、政ちゃんは大きな拳を俺に振り上げた。

次の瞬間、目の前に大きな打ち上げ花火があがったかと思うと、俺の体もさっきの隆造と同じように宙に浮いていた。

真っ青な空が見えて、それからゆっくりと、上下逆さまになった土手が見えてきた。フワリとして気持ちがいい。

あ、こんな感じ、前にも味わったことがある。

あれはいつだったか……。

そうだ。三年生のころ、隆造と自転車で二人乗りしていたときだ。

俺たちは、調子に乗って全速力で道路をブッ飛ばしていた。

そのまま角を曲がったとき、スクーターが出てきた。

ぶつかったときの衝撃は今でもはっきりと覚えている。

死んだ。って思った。でも、不思議とぜんぜん痛くなかった。

俺と隆造はそのまま自転車から投げ出されて、今みたいにフワ～って宙に浮いた。あのときの感覚と似ている。

政ちゃんのパンチはスクーターとぶつかるくらいの衝撃なのか……。

こんなときに、俺は感動すら覚えていた。

土手の向こうから、「瞬！　隆造ー！」と叫びながら、上下逆さまになったヤツらが何人か走って来るのが見えた。

天国からお迎えが来たのかもしれないな……。

そう思いながら、俺は地面にドサッと落ちた。

「このヤロー!!」

薄れていく意識の中で、トカゲや正太郎や竹内、それに明が政ちゃんに突進していく姿が見えた。


「……ぶか?」

なんか遠くのほうで声が聞こえる。

「……じょうぶか?」

なんだ? なんて言ってんだ? 天国からのお呼びの声か?

イタタ。イテェ……。なんか体中がメチャクチャ痛い。

その痛みを認識すると、どんどん痛みが顔中に広がってきたけど、痛いってことはどうやら俺は生きているみたいだ。

目をあけたいけど、何だかうまくあけられない。俺の目はつぶれちゃったんだろうか? うっすらと隆造の顔が見える。それに……トカゲもいるみたいだ。ん?

正太郎や竹内……明に小林までいやがる。

なんだこれは？　何でこいつらがいるんだ？　これは夢なのか？

「大丈夫かよ！　おい！」

今度ははっきりと隆造の声が聞こえた。

「だ……大丈夫だよ」

そうこたえると、視界もだいぶはっきりしてきた。

みんなひどい顔をしている。隆造なんか、お岩さんみたいだ。トカゲは鼻から血を流してる。明は口から血を流してる。正太郎も竹内も、顔中に傷がある。小林は……。何でこいつだけキレイな顔してんだ。

「……ひどい顔だな」

俺は、みんなに言った。

「バーカ。お前だって、サイテーの顔だぜ」

隆造はそう言うと、少しだけ笑った。

「ま、政ちゃんたちは？」

「逃げたよ」

「……逃げた？」

「おお。小林のおかげだよ。俺たち勝ったんだよ」

なんだそれ？　どういう意味だ。まさか小林の野郎、マジに強かったのか？

「これ、見てよ」

トカゲが大きなM16マシンガンを拾い上げた。

「小林の兄ちゃんのだよ。俺たちメチャクチャにやられてたんだけどさ、いきなりこいつが走ってきて、乱射しまくりよ。マジでランボーみたいだったぜ」

隆造がそう言うと、小林は「へへ。あいつら、今日は体中が腫れて寝られないぜ」と得意そうに言った。

「ま、政ちゃんの目にBB弾があたってさ。も、もう転げ回ってんの。そこを隆造が馬乗りになってタコ殴りだよ」

トカゲが嬉しそうに言う。

「この卑怯者……」

俺は笑って言った。

「卑怯もクソもねーよ。そのあと子分のヤツらに十倍返しされたけどな、政ちゃんだけは一週間は再起不能だよ」

隆造も笑いながら言った。

「でも……。お前らどうして……ここにいるんだよ」

俺がきくと、トカゲがこたえた。

「あ、明がさ、俺らのこと呼びに来たんだよ。お、俺、隆造が行ってるなんて思ってもなかったから……しょ、正太郎の家でさ、ゲームしてたんだ」

そのトカゲの言葉を正太郎が受ける。

「トカゲのヤツ、明の話きいたら俺たちには目もくれないで飛び出して行きやがってさ……。でも、俺と竹内と小林は動けなかったんだ……。やっぱり、政ちゃんのことが怖くて……。そしたらさ、明の野郎がさ……」

こう言ったらしい。

「お前ら、それでも仲間かよー!!」って。

その明は「へへ」とテレ笑いを浮かべている。

「でも、ケッサクはこいつだよ!」

竹内が小林を指差して言った。

「この野郎、俺たちと走り出したと思ったら、一人だけ反対方向に走り出してやんの。あとで殺してやるって思ったんだけど、まさかエアガン持って助っ人に来るなんて夢にも思わなかったぜ」

「バ、バーカ！　俺が逃げるわけねーだろ！」

小林が言うと、みんな顔を見合わせた。その一秒後、俺たちは大爆笑の渦に巻き込まれた。

「何だよ。お前ら俺のこと信用してなかったのかよ！　だって……だって俺たち仲間だろ！」

小林が大きな声でそう言うと、俺たちはもっと笑った。涙が出てお腹がくるしくなるくらい笑った。

そうだ。俺たちは仲間だ。明だってたった今、仲間になったし、俺だってようやくこいつらの仲間になれたと心の底から思えた。

俺は今この瞬間、ここにいる全員のことが大好きだ。そして、こいつらのことを大好きな自分のことも大好きだ。

きっとこいつらだってそうに違いない。そりゃときには裏切ったり逃げたりしてしまうこともあるかもしれないけれど、でも一番そばにいてほしいときには絶対にそばにいてくれるって思える。それだけは信じられる。大笑いする仲間たちを見ながら、俺は今のこの時間が永遠に続けばいいのになって思っていた。


「じゃーな」

「おお。また月曜日な」

「またな」

「おう」

小学校の前でみんなと別れると、俺は隆造と二人で歩き出した。

二人ともボロボロの恰好をしてるけど、俺は何だか誇らしい気分だった。町中の人に、俺と隆造の姿を見せたいと思った。

「あっ！」

そのとき、とつぜん隆造がさけんだ。

「お前、今日は母ちゃんの手術だろ！　早く病院行けよ！」

「あ！」

俺も思わず声を出した。すっかりいい気分になって忘れていたけど、俺は病院を抜け出して来てたんだ。ホントはもう少しこのまま隆造といっしょにいたかったけど、きっとパパは心配してるだろうし、ママだって手術が終わって俺がいないとやっぱり心配すると思う。この顔見たらよけいに心配するかもしれないけど。

「じゃ、また学校でな！」

俺は走り出したけど、ふと足を止めた。

「なんだよ、早く行けよ！」

隆造が言った。

「そう言えばさ」

俺はふと思い出したことを隆造にきいた。

「お前、政ちゃんのこと殴りながらさ、父ちゃんは人殺しじゃないとかってさけんでなかった？」

「そんなこと言ってたか？」

「言ってたよ。何度も何度も」

「そうか……」

そう言うと、隆造は少しうつむいてボソボソと話し始めた。

「昨日さ、父ちゃんがいきなり言ってきたんだよ。お前は母ちゃんのとこに行けって。それでちゃんと勉強して、父ちゃんみたいな人間になるなって。お前はやればできるって……。父ちゃんの子だからなって」

隆造は、下を向いて恥ずかしそうにして言った。そして最後に、

「ほんと勝手だよな大人は。死んでほしいよ」

最高に嬉しそうな笑顔で言った。

14

「消しゴム持った？　鉛筆は？　下敷きは？」

ママが何度もきいてくる。

「うるさいなー。全部持ったよ。じゃ、行ってくるからね」

玄関をあけると、外は雪が降っていた。

今は二月。あれから四ヵ月がたった。

あの日、俺が病院に行くと、手術の終わったママは寝ていた。

パパは「どこに行ってたんだ」と聞く前に、俺の顔を見て驚いた。看護師さんたちも驚いて、とりあえず俺は病院で簡単な手当てを受けた。

そのあと、「どこで何をしてたんだ?」ってパパに聞かれた。

「隆造が中学生とケンカするから助けに行ってた」

俺はホントのことを言った。

パパは、何だか訳が分からないって感じだったけど、「なにしてんだ、こんなときに。ママに心配かけるなって言っただろ」って言うと、あとは何も聞いてこなかった。

そのママは、目を覚ますと「痛い……」って小さな声で言った。

そのあと俺の顔に気づくと、思わずベッドから起き上がりそうになって、慌てて先生たちに止められた。

「こいつ、中学生とケンカしてたんだって」

パパが言うと、ママは少し笑って言った。

「なにしてんのよもう。勝ったの?」

もちろん俺は「うん」ってこたえた。

「しっかりやってくんのよ！」

玄関の外まで出てきたママが大声で言った。

ああ、恥ずかしい。まったく大事な試験の日くらい静かに送り出してくれよ。

そう。今日は附中の入学試験の日だ。ママは最後までついて行くって言ったけど、俺は断った。会場でも、こんなうるさくされたんじゃ集中できるわけがない。

俺は絶対に受からなきゃいけないんだ。

だって、隆造と約束したんだ。

隆造は、あの後、お母さんのいる大阪に転校した。

俺とトカゲと正太郎と竹内と明と小林は、イヤがる隆造にくっついて駅まで見送りに行った。

そのとき初めて隆造のお父さんを見た。

「お、俺の……父ちゃん」

隆造は恥ずかしそうに紹介してくれたけど、言われなくてもすぐに分かった。だって、まるっきり隆造と同じ顔をしていたから。顔中ケロイドだらけでちゃんと見るのは怖かったけど、隆造と似ているのはすぐに分かった。

「こ、こんにちは……」

ちょっとびびりながら俺たちが言うと、隆造のお父さんは、「こいつと仲良くしてくれてありがとな」って言った。そしてそれだけ言うと「じゃーな」って言って、帰って行った。

その声は人を殺したことがあるような怖い声じゃなくて、ちょっと高くて優しそうな声だったから少し安心したけれど、今まで人殺しをしたことがある人を見たことがないし、隆造のお父さんはやっぱり見た目だけならホラー映画にでも出て来そうな感じだったから本当はどうなんだろうなんて俺は思ってしまった。

「もういいのかよ、父ちゃんとは」

小林が言うと、隆造は「いいんだよ」って言いながら、お父さんの背中を見送っていた。

そしてその姿が見えなくなると、俺に言った。

「お前、絶対に附中、受けろよ。俺もな、あっちに行ったら、死ぬ気で勉強してみるつもりだよ。それでな、いつか東大で再会しようぜ」

「と、東大？　……ってあの東大!?」

俺の代わりに、明が驚いて言った。

「他に東大なんてねーだろ」

「そ、そうだけどさ……」

隆造の口から東大って言葉が出るなんて……。

「それで東大に行ったらさ、二人でメチャクチャにしてやるんだよ。そんで将来はすげぇ偉いヤツになってやろうぜ」

「偉いヤツになってどうすんだよ」

「そりゃ世界平和を目指してノーベル賞もらって大金持ちになるんだよ」

俺は、あいた口が塞がらなかった。

やっぱりさすがは隆造だ。俺の思いもしなかったようなことを考える。

「じゃ、じゃあ俺も東大受ける！」

トカゲが言うと、正太郎や竹内まで「じゃあ俺も受ける！」なんて言い出した。

「バーカ。お前らは無理に決まってんだろ。俺ならわかんねーけどな」

成績の良い明が言った。

みんなで東大か……。なんか、すげぇ面白いかもしれない。

「だったらお前こそ、ちゃんと勉強しろよ！」

俺は隆造に言った。

「小林みたいにイキがってるとシメられちゃうぞ。大阪のモンはマジで怖そうだからな」

「バカ！　こういうのは最初が肝心なんだよ。四回も転校してる俺が言うんだから間違いない。ナメられんじゃねーぞ」

そう言うと、小林はバッグからエアガンのウージーを取り出して隆造に渡した。

「やるよ。大阪でイジメられそうになったら使えよ」

「いいのかよ！」

「いいんだよ。そんなのなくたって、俺たちもう平気だし」

小林がそう言うと、隆造は驚いたような顔をした。

「へ、平気だよ。だ、だって俺たち……か、勝ったんだもん」

今度はトカゲが言う。

隆造はすっかり目をウルウルさせてやがる。

「お前ら、すげぇ根性見せたもんな。もう、平気だよな。俺なんかいなくても、ぜんぜん……って言うか何言ってんだ、俺。お、お前らなら、最初から俺なんかいなくても……」

隆造はそう言うと、声を詰まらせた。

「お前のお陰だよ。お前が、いつも俺たちのそばにいてくれたから、俺たち変われたんだよ。みんなさ、お前にあこがれて、お前みたいになりたいって、そう思ってたんだよ。お前は……サイコーにカッコ良すぎるんだよ！」

俺はいつの間にか、泣いていた。

みんなもたまらず泣き出した。

「ありがと……。俺、ほんとにお前らと……仲間になれて……良かったよ。ほんとに……ありがとな。じゃあ、またな！」

隆造はそう言うと、走って電車に乗り込んだ。

ゆっくりと電車が動き出して、俺たちはまるでドラマのようにホームの最後まで隆造の乗った電車を追いかけた。そして隆造は、窓から体を乗り出して、ずっと手を振り続けていた。

そのときのことを思い出すと、俺は電車の中でまた一人で涙ぐんでいた。西野がいてくれれば、最高の青春映画を撮影できたのに……って思った。

附中の門まで行くと、これから受験する連中がぞろぞろと歩いていた。やっぱりな。思った通りみんな親同伴で来ている。どうせ中学受験なんてするようなヤツは親同伴で来るヤツが多いと思ってた。だから俺は、どうしても一人で行きたかった。

小林直伝の「最初が勝負方式」だ。

見たところ、強そうなヤツは一人もいない。俺は一人で来ていることを自慢するように、これからこの中学にケンカを売るつもりで歩き始めた。

ん？　でも、一人だけいた。

俺みたいに、たった一人で歩いているヤツが……。

そいつは、ダース・ベイダーの顔の形をしたリュックを背負ってやがる。ずいぶん恥ずかしいリュックだと思ったけど、きっとヤツなりに舐められない方法を考えてのダース・ベイダーリュックなのだろう。

そう。ヤツも俺たちの仲間の一人だ。フォースの力が俺とヤツをこんな場所で一緒にさせてくれたのかもしれない。

俺は嬉しくなった。中学ではあいつと一緒にいろんな発見ができるかもしれないし、また一緒に映画を作ることもできるかもしれない。

俺はヤツの名前を呼ぼうとした。

「西……」

違った。あいつは苗字が変わってるはずだ。それにあいつには、隆造がつけたあだ名ができてたんだ。

「カントクー!!」

俺が叫ぶと、ダース・ベイダーの顔のリュックが振り返った。

本書は書下ろし作品です。

|著者|足立 紳 1972年鳥取県生まれ。日本映画学校（現・日本映画大学）卒業。2015年に『百円の恋』で第39回日本アカデミー賞最優秀脚本賞、第17回菊島隆三賞、2016年に『佐知とマユ』で第4回市川森一脚本賞、2019年に『喜劇 愛妻物語』で第32回東京国際映画祭コンペティション部門最優秀脚本賞、2020年に『喜劇 愛妻物語』『劇場版 アンダードッグ 前編 後編』で第42回ヨコハマ映画祭脚本賞を受賞。2016年に『14の夜』で映画監督デビュー。2023年度後期放送のNHK連続テレビ小説『ブギウギ』の脚本を担当。小説に『喜劇 愛妻物語』『14の夜』『それでも俺は、妻としたい』『したいとか、したくないとかの話じゃない』などがある。

弱虫日記《よわむしにっき》
足立《あだち》 紳《しん》

2017年9月14日第1刷発行
2023年1月5日第2刷発行

発行者——鈴木章一
発行所——株式会社 講談社
東京都文京区音羽2-12-21 〒112-8001
電話 出版（03）5395-3510
販売（03）5395-5817
業務（03）5395-3615
Printed in Japan

講談社文庫
定価はカバーに
表示してあります

KODANSHA

デザイン—菊地信義
本文データ制作—講談社デジタル製作
印刷———株式会社KPSプロダクツ
製本———株式会社国宝社

ISBN978-4-06-293761-0

講談社文庫刊行の辞

二十一世紀の到来を目睫に望みながら、われわれはいま、人類史上かつて例を見ない巨大な転換期をむかえようとしている。

世界も、日本も、激動の予兆に対する期待とおののきを内に蔵して、未知の時代に歩み入ろうとしている。このときにあたり、創業の人野間清治の「ナショナル・エデュケイター」への志を現代に甦らせようと意図して、われわれはここに古今の文芸作品はいうまでもなく、ひろく人文・社会・自然の諸科学から東西の名著を網羅する、新しい綜合文庫の発刊を決意した。

激動の転換期はまた断絶の時代である。われわれは戦後二十五年間の出版文化のありかたへの深い反省をこめて、この断絶の時代にあえて人間的な持続を求めようとする。いたずらに浮薄な商業主義のあだ花を追い求めることなく、長期にわたって良書に生命をあたえようとつとめるところにしか、今後の出版文化の真の繁栄はあり得ないと信じるからである。

同時にわれわれはこの綜合文庫の刊行を通じて、人文・社会・自然の諸科学が、結局人間の学にほかならないことを立証しようと願っている。かつて知識とは、「汝自身を知る」ことにつきていた。現代社会の瑣末な情報の氾濫のなかから、力強い知識の源泉を掘り起し、技術文明のただなかに、生きた人間の姿を復活させること。それこそわれわれの切なる希求である。

われわれは権威に盲従せず、俗流に媚びることなく、渾然一体となって日本の「草の根」をかたちづくる若く新しい世代の人々に、心をこめてこの新しい綜合文庫をおくり届けたい。それは知識の泉であるとともに感受性のふるさとであり、もっとも有機的に組織され、社会に開かれた万人のための大学をめざしている。大方の支援と協力を衷心より切望してやまない。

一九七一年七月

野間省一

あさのあつこ　NO.6〔ナンバーシックス〕#9
あさのあつこ　NO.6beyond〔ナンバーシックス・ビヨンド〕
あさのあつこ　待ってる〈橘屋草子〉
あさのあつこ　さいとう市立さいとう高校野球部（上）（下）
あさのあつこ　甲子園でエースしちゃいました〈さいとう市立さいとう高校野球部〉
あさのあつこ　おれが先輩？〈さいとう市立さいとう高校野球部〉
阿部夏丸　泣けない魚たち
朝倉かすみ　肝、焼ける
朝倉かすみ　好かれようとしない
朝倉かすみ　ともしびマーケット
朝倉かすみ　感応連鎖
朝倉かすみ　たそがれどきに見つけたもの
朝比奈あすか　憂鬱なハスビーン
朝比奈あすか　あの子が欲しい
天野作市　気高き昼寝
天野作市　みんなの旅行
青柳碧人　浜村渚の計算ノート
青柳碧人　浜村渚の計算ノート　2さつめ〈ふしぎの国の期末テスト〉
青柳碧人　浜村渚の計算ノート　3さつめ〈水色コンパスと恋する幾何学〉
青柳碧人　浜村渚の計算ノート　3と$\frac{1}{2}$さつめ〈ふえるま島の最終定理〉
青柳碧人　浜村渚の計算ノート　4さつめ〈方程式は歌声に乗って〉
青柳碧人　浜村渚の計算ノート　5さつめ〈鳴くよウグイス、平面上〉
青柳碧人　浜村渚の計算ノート　6さつめ〈パピルスよ、永遠に〉
青柳碧人　浜村渚の計算ノート　7さつめ〈悪魔とポタージュスープ〉
青柳碧人　浜村渚の計算ノート　8さつめ〈虚数じかけの夏みかん〉
青柳碧人　浜村渚の計算ノート　8と2分の1さつめ〈つるかめ家の一族〉
青柳碧人　浜村渚の計算ノート　9さつめ〈恋人たちの必勝法《マーチンゲール》〉
青柳碧人　霊視刑事夕雨子《ゆうこ》1〈誰かがそこにいる〉
青柳碧人　霊視刑事夕雨子2〈雨空の鎮魂歌《レクイエム》〉
朝井まかて　花《はな》競《くら》べ〈向嶋なずな屋繁盛記〉
朝井まかて　ちゃんちゃら
朝井まかて　すかたん
朝井まかて　ぬけまいる
朝井まかて　恋歌
朝井まかて　阿《お》蘭《らん》陀《だ》西《さい》鶴《かく》
朝井まかて　藪《やぶ》医《い》ふらここ堂
朝井まかて　福袋
朝井まかて　草々不一
歩《あゆみ》りえこ　ブラを捨て旅に出よう〈貧乏乙女の〝世界一周〟旅行記〉
安藤祐介　営業零《ぜろ》課《か》接待班
安藤祐介　被取締役《とりしまられやく》新入社員
安藤祐介　おい！山田〈大翔製菓広報宣伝部〉
安藤祐介　宝くじが当たったら
安藤祐介　一〇〇〇ヘクトパスカル
安藤祐介　テノヒラ幕府株式会社
安藤祐介　本のエンドロール
青木理　絞首刑
麻見和史　石の繭〈警視庁殺人分析班〉
麻見和史　蟻《あり》の階段〈警視庁殺人分析班〉
麻見和史　水晶の鼓動〈警視庁殺人分析班〉
麻見和史　虚空の糸〈警視庁殺人分析班〉
麻見和史　聖者の凶数〈警視庁殺人分析班〉
麻見和史　女神の骨格〈警視庁殺人分析班〉
麻見和史　蝶の力学〈警視庁殺人分析班〉
麻見和史　雨色の仔羊〈警視庁殺人分析班〉
麻見和史　奈落の偶像〈警視庁殺人分析班〉
麻見和史　鷹《たか》の砦《とりで》〈警視庁殺人分析班〉

麻見和史　凪《なぎ》の残響〈警視庁殺人分析班〉
麻見和史　天空の鏡〈警視庁殺人分析班〉
麻見和史　深紅の断片〈警防課救命チーム〉
麻見和史　邪神の天秤〈警視庁公安分析班〉
麻見和史　偽神の審判〈警視庁公安分析班〉
有川　浩　三匹のおっさん
有川　浩　三匹のおっさん　ふたたび
有川　浩　ヒア・カムズ・ザ・サン
有川　浩　旅猫リポート
有川ひろ　アンマーとぼくら
有川ひろほか　ニャンニャンにゃんそろじー
荒崎一海　門前仲町〈九頭竜覚山　浮世綴㈠〉
荒崎一海　蓬莱橋雨景〈九頭竜覚山　浮世綴㈡〉
荒崎一海　寺町哀感〈九頭竜覚山　浮世綴㈢〉
荒崎一海　小《お》名《な》木《き》川《がわ》〈九頭竜覚山　浮世綴㈣〉
荒崎一海　一色町雪花〈九頭竜覚山　浮世綴㈤〉
朱野帰《かえる》子《こ》　駅物語
朱野帰子　対岸の家事
東　浩紀　一般意志2・0〈ルソー、フロイト、グーグル〉

朝倉宏景　白球アフロ
朝倉宏景　野球部ひとり
朝倉宏景　つよく結べ、ポニーテール
朝倉宏景　あめつちのうた
朝井リョウ　スペードの3
朝井リョウ　世にも奇妙な君物語
有沢ゆう希　末次由紀 原作　〈小説〉ちはやふる　上の句
有沢ゆう希　末次由紀 原作　〈小説〉ちはやふる　下の句
有沢ゆう希　末次由紀 原作　〈小説〉ちはやふる　結び
有沢ゆう希　小説　パーフェクトワールド〈君といる奇跡〉
有沢ゆう希　原作：金田一蓮十郎　脚本：徳永友一　小説　ライアー×ライアー
秋川滝美　幸《こう》腹《ふく》な百貨店
秋川滝美　幸腹な百貨店〈デパ地下おにぎり騒動〉
秋川滝美　幸腹な百貨店〈催事場で蕎麦屋呑み〉
秋川滝美　マチのお気楽料理教室
秋川滝美　ヒソップ亭〈湯けむり食事処〉
赤神　諒　神遊の城
赤神　諒　大友二階崩れ
赤神　諒　大友落月記

赤神　諒　酔象の流儀　朝倉盛衰記
赤神　諒　空《うつせ》貝《がい》〈村上水軍の神姫《しんき》〉
赤神　諒　立花三将伝
彩瀬まる　やがて海へと届く
浅生　鴨　伴走者
天野純希　有楽斎の戦
天野純希　雑賀《さいか》のいくさ姫《ひめ》
青木祐子　コーチ！〈はげまし屋・立花ことりのクライアントファイル〉
秋《あき》保《う》水《すい》菓《か》　コンビニなしでは生きられない
相沢沙呼　medium《メディウム》　霊媒探偵城塚《じょうづか》翡翠《ひすい》
新井見枝香　本屋の新井
碧野　圭　凛として弓を引く
碧野　圭　凛として弓を引く〈青雲篇〉
赤松利市　東京棄民
五木寛之　ソフィアの秋
五木寛之　狼のブルース
五木寛之　海峡物語
五木寛之　風花のひと
五木寛之　鳥の歌(上)(下)

五木寛之 燃える秋
五木寛之 真夜中の望遠鏡〈流されゆく日々'78〉
五木寛之 ナホトカ青春航路〈流されゆく日々'79〉
五木寛之 旅の幻燈
五木寛之 他力
五木寛之 こころの天気図
五木寛之 新装版 恋歌
五木寛之 百寺巡礼 第一巻 奈良
五木寛之 百寺巡礼 第二巻 北陸
五木寛之 百寺巡礼 第三巻 京都Ⅰ
五木寛之 百寺巡礼 第四巻 滋賀・東海
五木寛之 百寺巡礼 第五巻 関東・信州
五木寛之 百寺巡礼 第六巻 関西
五木寛之 百寺巡礼 第七巻 東北
五木寛之 百寺巡礼 第八巻 山陰・山陽
五木寛之 百寺巡礼 第九巻 京都Ⅱ
五木寛之 百寺巡礼 第十巻 四国・九州
五木寛之 海外版 百寺巡礼 インド1
五木寛之 海外版 百寺巡礼 インド2

五木寛之 海外版 百寺巡礼 朝鮮半島
五木寛之 海外版 百寺巡礼 中国
五木寛之 海外版 百寺巡礼 ブータン
五木寛之 海外版 百寺巡礼 日本・アメリカ
五木寛之 青春の門 第七部 挑戦篇
五木寛之 青春の門 第八部 風雲篇
五木寛之 青春の門 第九部 漂流篇
五木寛之 親鸞 青春篇(上)(下)
五木寛之 親鸞 激動篇(上)(下)
五木寛之 親鸞 完結篇(上)(下)
五木寛之 五木寛之の金沢さんぽ
五木寛之 海を見ていたジョニー 新装版
井上ひさし モッキンポット師の後始末
井上ひさし ナイン
井上ひさし 四千万歩の男 全五冊
井上ひさし 四千万歩の男 忠敬の生き方
井上ひさし 司馬遼太郎 新装版 国家・宗教・日本人
池波正太郎 私の歳月
池波正太郎 よい匂いのする一夜

池波正太郎 梅安料理ごよみ
池波正太郎 わが家の夕めし
池波正太郎 新装版 緑のオリンピア
池波正太郎 新装版 殺しの四人〈仕掛人・藤枝梅安(一)〉
池波正太郎 新装版 梅安蟻地獄〈仕掛人・藤枝梅安(二)〉
池波正太郎 新装版 梅安最合傘〈仕掛人・藤枝梅安(三)〉
池波正太郎 新装版 梅安針供養〈仕掛人・藤枝梅安(四)〉
池波正太郎 新装版 梅安乱れ雲〈仕掛人・藤枝梅安(五)〉
池波正太郎 新装版 梅安影法師〈仕掛人・藤枝梅安(六)〉
池波正太郎 新装版 梅安冬時雨〈仕掛人・藤枝梅安(七)〉
池波正太郎 新装版 忍びの女(上)(下)
池波正太郎 新装版 殺しの掟
池波正太郎 新装版 抜討ち平九郎
池波正太郎 新装版 娼婦の眼
池波正太郎 近藤勇白書(上)(下)〈レジェンド歴史時代小説〉
井上靖 楊貴妃伝
石牟礼道子 新装版 苦《く》海《がい》浄《じょう》土《ど》〈わが水俣病〉
いわさきちひろ ちひろのことば
いわさきちひろ 松本猛 いわさきちひろの絵と心

石田衣良　てのひらの迷路
石田衣良　40《フォーティ》　翼ふたたび
石田衣良　s e x
石田衣良　逆《さか》島《しま》断《たつ》雄《お》〈進駐官養成高校の決闘編1〉
石田衣良　逆島断雄〈進駐官養成高校の決闘編2〉
石田衣良　逆島断雄〈本土最終防衛決戦編1〉
石田衣良　逆島断雄〈本土最終防衛決戦編2〉
石田衣良　初めて彼を買った日
井上荒野　ひどい感じ―父・井上光晴
稲葉　稔　椋鳥の影〈八丁堀手控え帖〉
伊坂幸太郎　チルドレン
伊坂幸太郎　魔王
伊坂幸太郎　モダンタイムス(上)(下)
伊坂幸太郎　P K
伊坂幸太郎　サブマリン
絲山秋子　袋小路の男
石黒　耀　死都日本
石黒　耀　忠臣蔵異聞〈家老 大野九郎兵衛の長い仇討ち〉
犬飼六岐　筋違い半介

犬飼六岐　吉岡清三郎貸腕帳
石川大我　ボクの彼氏はどこにいる?
石松宏章　マジでガチなボランティア
伊東　潤　国を蹴った男
伊東　潤　峠越え
伊東　潤　黎明に起《た》つ
伊東　潤　池田屋乱刃
石飛幸三　「平穏死」のすすめ〈口から食べられなくなったらどうしますか〉
伊藤理佐　女のはしょり道
伊藤理佐　また!　女のはしょり道
伊藤理佐　みたび!　女のはしょり道
石黒正数　外《げ》天《てん》楼《ろう》
伊与原新　ルカの方《はこ》舟《ぶね》
伊与原新　コンタミ　科学汚染
稲葉圭《よし》昭《あき》　恥さらし〈北海道警　悪徳刑事の告白〉
稲葉博《ひろ》一《いち》　忍者烈伝
稲葉博一　忍者烈伝ノ続
稲葉博一　忍者烈伝ノ乱〈天之巻〉〈地之巻〉
伊岡　瞬　桜の花が散る前に

石川智健　エウレカの確率〈経済学捜査と殺人の効用〉
石川智健　60《ロクジュウ》〈誤判対策室〉
石川智健　20《ニジュウ》〈誤判対策室〉
石川智健　第三者隠蔽機関
石川智健　いたずらにモテる刑事の捜査報告書
井上真《ま》偽《ぎ》　その可能性はすでに考えた
井上真偽　聖女の毒杯〈その可能性はすでに考えた〉
井上真偽　恋と禁忌の述語論理《プレディケット》
泉ゆたか　お師匠さま、整いました!
泉ゆたか　お江戸けもの医　毛玉堂
泉ゆたか　玉《たま》の輿《こし》猫〈お江戸けもの医　毛玉堂〉
伊兼源太郎　地検のS
伊兼源太郎　Sが泣いた日〈地検のS〉
伊兼源太郎　Sの幕引き〈地検のS〉
伊兼源太郎　巨悪
伊兼源太郎　金庫番の娘
逸木　裕　電気じかけのクジラは歌う
今村翔吾　イクサガミ　天
入月英一　信長と征《ゆ》く　1・2〈転生商人の天下取り〉

講談社文庫　目録

海猫沢めろん キッズファイヤー・ドットコム
冲方 丁 戦の国
上田岳弘 ニムロッド
上野 歩 キリの理容室
内田英治 異動辞令は音楽隊！
遠藤周作 ぐうたら人間学
遠藤周作 聖書のなかの女性たち
遠藤周作 さらば、夏の光よ
遠藤周作 最後の殉教者
遠藤周作 反逆(上)(下)
遠藤周作 ひとりを愛し続ける本
遠藤周作 周作塾〈読んでもタメにならないエッセイ〉
遠藤周作 新装版 海と毒薬
遠藤周作 新装版 わたしが・棄てた・女
遠藤周作 深い河《ディープ・リバー》〈新装版〉
江波戸哲夫 新装版 銀行支店長
江波戸哲夫 集団左遷
江波戸哲夫 新装版 ジャパン・プライド
江波戸哲夫 起業の星
江波戸哲夫 ビジネスウォーズ〈カリスマと戦犯〉
江波戸哲夫 リストラ事変〈ビジネスウォーズ2〉
江上 剛 頭取無惨
江上 剛 企業戦士
江上 剛 リベンジ・ホテル
江上 剛 起死回生
江上 剛 瓦礫の中のレストラン
江上 剛 非情銀行
江上 剛 東京タワーが見えますか。
江上 剛 慟哭の家
江上 剛 家電の神様
江上 剛 ラストチャンス 再生請負人
江上 剛 ラストチャンス 参謀のホテル
江上 剛 一緒にお墓に入ろう
江國香織 真昼なのに昏《くら》い部屋
江國香織他 100万分の1回のねこ
円城 塔 道化師の蝶
江原啓之 スピリチュアルな人生に目覚めるために〈心に「人生の地図」を持つ〉
江原啓之 トラウマ あなたが生まれてきた理由
大江健三郎 新しい人よ眼ざめよ
大江健三郎 取り替え子《チェンジリング》
大江健三郎 晩年様式集《イン・レイト・スタイル》
小田 実 何でも見てやろう
沖 守弘 マザー・テレサ〈あふれる愛〉
岡嶋二人 解決まではあと6人〈5W1H殺人事件〉
岡嶋二人 99％の誘拐
岡嶋二人 クラインの壺
岡嶋二人 ダブル・プロット
岡嶋二人 新装版 焦茶色のパステル
岡嶋二人 チョコレートゲーム 新装版
岡嶋二人 そして扉が閉ざされた〈新装版〉
太田蘭三 殺《さつ》・風《ふう》景《けい》〈警視庁北多摩署特捜本部〉
大前研一 企業参謀 正・続
大前研一 やりたいことは全部やれ！
大前研一 考える技術
大沢在昌 野獣駆けろ
大沢在昌 相続人TOMOKO
大沢在昌 ウォームハート コールドボディ

講談社文庫　目録

2022年12月15日現在